LES

FIANCÉS,

HISTOIRE MILANAISE DU XVIIᵉ SIÈCLE,

DÉCOUVERTE ET REFAITE

PAR ALEX. MANZONI,

TRADUITE DE L'ITALIEN

Sur la troisième édition ;

PRÉCÉDÉE D'UN ESSAI SUR LE ROMAN HISTORIQUE

ET SUR LA LITTÉRATURE ITALIENNE,

PAR M. REY DUSSUEIL.

❋

Tome Premier.

❋

214

PARIS,

CHARLES GOSSELIN, LIBRAIRE

DE SON ALTESSE ROYALE MONSEIGNEUR LE DUC DE BORDEAUX,

Rue Saint-Germain-des-Prés, n° 9;

A. SAUTELET ET Cⁱᵉ, LIBRAIRES,

PLACE DE LA BOURSE.

1828.

GUIRAUDET, IMPRIMEUR.

LES FIANCÉS.

TOME 1er.

❁

IMPRIMERIE DE GUIRAUDET,
RUE SAINT-HONORÉ, N° 315.

❁

LES
FIANCÉS,

HISTOIRE MILANAISE DU XVIIe SIÈCLE;

DÉCOUVERTE ET REFAITE

PAR ALEX. MANZONI,

TRADUITE DE L'ITALIEN

Sur la troisième édition,

PAR M. REY DUSSUEIL.

Tome Premier.

PARIS,

CHARLES GOSSELIN, LIBRAIRE

DE SON ALTESSE ROYALE MONSEIGNEUR LE DUC DE BORDEAUX,

Rue Saint-Germain-des-Prés, n° 9;

A. SAUTELET ET Cie, LIBRAIRES

PLACE DE LA BOURSE.

1828.

ESSAI

SUR

LE ROMAN HISTORIQUE,

ET SUR

LA LITTÉRATURE ITALIENNE,

A PROPOS DE L'OUVRAGE DE M. MANZONI.

———◆———

S'il est un genre de littérature auquel l'entier développement des doctrines classiques ait porté un coup funeste, c'est assurément le genre historique. Nos historiens ont toujours perdu le peuple de vue. On dirait, à les lire, que les grands événements qu'ils nous retracent ne se sont jamais passés qu'entre deux rois, leurs armées et leurs cours. C'était moins la liberté de dire qui leur manquait, que l'indépendance d'esprit. Dociles imitateurs de deux littératures nées d'un autre ordre de choses et d'idées, ils cherchaient l'idéalité, même dans les événements de l'histoire ; ils les voulaient réduire au système de l'Unité.

La littérature moderne a une tendance toute contraire. Quelque sujet qu'elle aborde, elle s'efforce d'être vraie, pour être à la portée de toutes les intelligences. Voltaire est le premier qui se soit proposé ce but : aussi Voltaire est-il l'auteur de la grande révolution intellectuelle qui s'achève de nos jours et dont nos neveux seront appelés à recueillir les fruits.

Le roman tel que sir Walter Scott l'a conçu est pour l'histoire ce que les contes de Voltaire furent pour les sciences et pour la philosophie. L'auteur anglais a voulu rendre l'histoire populaire par le drame, comme le poète français avait voulu populariser la philosophie par la grâce et le piquant des formes.

Considéré dans son but, le roman historique serait encore l'une des conceptions les plus utiles, alors même que sir Walter Scott ne l'aurait pas élevé par son génie

u rang des plus grandes compositions
ittéraires. L'Ecosse tout entière vit dans
es pages immortelles où les plus hautes
eçons historiques sont cachées sous les
ormes du drame. Tel est l'avantage de
es compositions, que, si tous les détails
ont de pure invention, ils sont plus *vrais*
ue l'histoire classique. Assurément le
oète Scott a mieux fait connaître Marie
tuart que ne l'avait fait le philosophe
ume.

L'histoire, si on la conçoit comme elle
'tait jadis, est toujours guindée et dé-
aigneuse; elle rejette tout ce qui est de
'homme; elle ne voit jamais que le hé-
os : elle fait presque de la statuaire. Ja-
iais sa gravité ne s'est déridée; elle n'a
u la vie que sous un aspect sérieux. C'est
ne sybille sans emportements et sans
vresse. Elle parle de haut, elle prophé-
ise. Et pourtant, s'il y a tant de choses
ans la vie de l'homme, que de choses n'y
-t-il pas dans la vie des peuples! Rien

n'est absolu dans la nature, car la natu
n'a point de système. Dans les évén
ments les plus tristes elle sait trouve
place aux incidents les plus comiques
elle fait naître le rire auprès des larme
Mais l'historien ne voit rien, ne veu
rien voir d'humain; il pousse du bout d
son compas tout ce qui ne saurait entre
dans son triste procès verbal; c'est u
greffier de cour d'assises, qui n'enregistr
que le dire des juges et celui de l'accusé;
n'a point d'oreilles pour les témoins.

Ces détails familiers que rejetaient l
auteurs des dix-septième et dix-huitièm
siècles, ces contrastes qui sont tout
drame de la vie, cette action qui fait to
le charme et toute la vérité du premier
nos historiens, de l'inimitable Froissar
sont précisément ce qui rend l'histoi
vraie, parce qu'ils la rendent intelligibl
palpable, et ressemblante à celle que no
voyons tous les jours courir les ru
C'est là tout le roman historique. Walt

cott exercera une longue influence sur la
ittérature naissante de notre époque, non
seulement comme auteur dramatique,
1ais encore comme historien. Déjà l'on
ourrait citer plus d'un Froissard con-
temporain formé à son école.

Toutefois, il faut le dire, le genre ne
vaut pas les ouvrages qu'il a produits; on
doit prendre garde de l'appliquer aveuglé-
ment à tous les sujets. Le Barde écossais,
avec cette mesure, ce sens exquis, qui
sont l'apanage du génie, a toujours su se
retenir dans de justes limites. Appliqué à
de hauts événements politiques, le roman
devient aussi faux que l'histoire classique.
Il ne se plaît qu'aux grandes infortunes, à
la partie dramatique de l'histoire; et
peut-être même est-il plus à l'aise dans
l'histoire d'une seule province que dans
celle de toute une nation, parce qu'il n'est
point forcé alors de sacrifier au drame les
grands intérêts politiques. Mais, ou tous
les bons esprits s'abusent, ou l'histoire à

venir sera obligée de se greffer sur *l'Essa*
sur les mœurs de Voltaire et sur les bril
lantes créations de Walter Scott, connan
ainsi à la philosophie et au drame tout ce
qu'il y faut donner, et faisant sa part
chacun.

Notre époque a une tendance, ou, s
l'on écoute quelques littérateurs chagrins
une manie qui n'a pas peu contribué
étendre l'influence de l'auteur d'*Ivanho*
et des *Puritains*. Sous le nom assez vagu
de *romantique*, un système littéraire a pri
naissance, qui veut créer une littératur
toute actuelle, toute moderne. Son sys
tème est toujours l'imitation, mais il ne
veut imiter que la nature; il répudie, i
flétrit l'imitation des chefs-d'œuvre d
l'art. Ce système est loin d'être encor
fixé. Jusqu'ici il a un peu trop sacrifi
peut-être le beau au vrai, l'idéal au réel.
Il affecte pour les formes un mépris tro
grand pour être durable. Son esprit de pro
sélytisme est ardent et vaste. La victoire lu

donnera probablement de la modération.

La France est aujourd'hui le terrain où se sont rencontrés et où combattent les partisans des nouvelles et des anciennes doctrines. Brillante satellite, c'est depuis un siècle et demi le sort de l'Italie d'être toujours entraînée dans notre mouvement littéraire ; mais on sent combien l'Italie devait répugner d'abord aux nouveaux principes. Sa littérature tout idéale, son peuple tout poétique, éprouvaient peu de sympathie pour les idées des littératures du nord ; et toutefois le romantique a trouvé dans M. Alexandre Manzoni l'un de ses plus éloquents soutiens. Mais ce mouvement littéraire est loin d'être en Italie le mouvement principal ; il n'est que secondaire. Cette circonstance tient à des causes que nous allons exposer succinctement.

Les idées de liberté et d'égalité que les Français ont semées en Italie y ont jeté de profondes racines. Retombé sous l'ignoble joug de l'Autriche, ce malheureux pays se prépare en silence à de meilleures destinées. Il n'est aujourd'hui main de plomb assez lourde pour condamner à l'immobilité tout ce qu'elle touche. Il y a dans les peuples je ne sais quelle force d'inertie contre laquelle vient se briser le despotisme. L'Italien de nos jours étudie plus les hommes que les livres. La politique l'absorbe. La littérature et les beaux-arts ne sont plus une occupation pour lui. Or, quand la littérature et les beaux-arts ne sont qu'un objet de délassement, ils cessent de fleurir, parce que chez ces hommes ardents rien n'est goût, tout est passion. Si demain un cri de liberté s'élevait en Italie, vous n'auriez plus cette efféminée et verbeuse révolution de Naples que l'Autrichien put dompter avec le knout dont le Russe se sert pour châtier son esclave indocile ; vous verriez se lever un peuple grand, libre, hardi, généreux, magnanime, et vous seriez étonnés de voir quels hommes l'étude, la méditation et la haine de la servitude ont faits dans ces belles contrées.

Parmi les littérateurs de profession qui comptent les belles-lettres au nombre des choses de la vie, une querelle s'est élevée qui les touche de plus près et les intéresse beaucoup plus que le *classique* et le *romantique* : c'est celle de leur langue. On a remarqué depuis long-temps que toutes les langues du midi tendaient à se franciser. La langue italienne s'efforce vainement de lutter contre le mouvement qui l'entraîne. Une école s'est formée qui veut faire revivre la langue de Boccace et de Machiavel, qui veut ramener l'italien à ses vieilles tournures et à son caractère primitif. A l'apparition d'un ouvrage nouveau, on examine moins le fond que la forme. Le parti français a visiblement le dessous dans les livres; toutefois l'entreprise de l'école des *trois cents* paraît à peu près désespérée. On opère difficilement par la langue écrite sur la langue parlée, surtout

dans un pays où le peuple parle beaucoup
et lit peu. Et d'ailleurs, faire revivre le
passé est une chose qui excède les forces de
l'homme. On finira, comme en toute
chose, par prendre un moyen terme; et la
langue n'en périra pas moins, parce que
toute langue doit périr. La nôtre même,
notre langue si exacte, si claire, si positive,
si hors de toute atteinte étrangère, est menacée depuis quelque temps de corruption.

Dans cet état de choses, les prosateurs
doivent manquer en Italie; parce que les
prosateurs manquent toujours à une littérature qui s'éteint. La poésie est le langage
du grand siècle d'une littérature et de son
dernier âge; la prose est le langage des
temps intermédiaires. D'ailleurs la prose
est fort difficile à manier en Italie; parce
qu'il y a autant de dialectes que de pro-
vinces. La poésie seule, avec ses mots con-
venus, ses tournures admises, est goûtée
par tous les Italiens; qu'elle soit de l'école
lombarde ou de l'école vénitienne.

A ces rapides aperçus, on devine combien d'intérêts se rattachent à l'ouvrage
qu'on va lire. Pour nous, lecteurs français, la question se borne à celle du romantique; pour les Italiens, elle touche à
toutes les questions qui s'agitent par-delà
les monts.

M. Alexandre Manzoni, imbu des nouvelles doctrines littéraires qui gagnent
chaque jour du terrain parmi nous, a le
premier essayé de naturaliser le romantique sur la scène italienne. La tragédie de
Carmagnola sera long-temps regardée
comme l'un des plus heureux essais de
cette poésie, qu'on pourrait en quelque
sorte appeler la poésie du réalisme. Tout
n'est pas également bon dans cet ouvrage,
peut-être même l'auteur n'a-t-il pas assez
osé; mais depuis Alfieri, la tragédie italienne n'avait parlé un aussi mâle langage et jamais elle n'en avait parlé un
aussi vrai. Cette révolution littéraire passa
presque inaperçue en Italie; tandis que

le public discutait sur le style, les unités mouraient dans les entr'actes sous la main du machiniste. M. Manzoni a voulu pousser plus loin la réforme, en naturalisant le roman historique dans sa patrie. L'entreprise était périlleuse, car n'oublions pas que le langage de la prose n'est point fixé en Italie. Sa composition a réuni tous les suffrages. Ce n'est point ce romantique absurde qui se plaît à tout ce qui est vague, dont toutes les formes sont inarrêtées, qui ne sait pas choisir dans la nature : c'est le romantique d'un homme de génie qui cède au temps, et ne se livre à la fougue de son imagination qu'en se laissant guider par le goût. C'est peut-être un ouvrage romantique écrit par un auteur classique. Le fond est original ; les formes sont toujours pures.

On pourrait réduire cette belle composition à trois idées principales. L'auteur a voulu peindre la domination espagnole, la famine qui désola le Milanais au dix-

septième siècle, et la peste qui succéda à
la famine. L'histoire de deux jeunes fiancés, persécutés par un chef de *bravi*, est
plutôt le prétexte qu'il prend pour esquis-
ser ces grands événements que son sujet.
Quand il aborde la partie romanesque de
son livre, il remue vivement le cœur;
quand il arrive à la partie purement historique, il intéresse, il attache, il instruit.
Plus qu'un autre, cet ouvrage peut porter
le titre de roman historique : car là où
l'histoire commence, le roman cesse. On
dirait que l'auteur a voulu faire une histoire nationale qui pût plaire au peuple,
faible enfant à qui il faut toujours em-
mieller les bords du vase.

Peut-être ce système de composition
paraîtra-t-il singulier à la première lec-
ture, peut-être ce mélange de réalités et
de fictions excitera-t-il quelque surprise.
Mais l'ouvrage de M. Manzoni n'est point
un roman : c'est un livre. Avant de le
juger, il faut bien étudier le rapport in-

time qui existe entre toutes les parties, le
grand art qui a présidé à sa composition.
Jamais les mœurs italiennes n'ont été dé-
peintes avec tant de bonheur, jamais on
n'a mieux fait intervenir des figures po-
pulaires au milieu des grands événements
de l'histoire; et quels événements, grand
Dieu! une disette, une invasion, une épi-
démie qui emporte les deux tiers de la po-
pulation!

Depuis l'apparition des *Promessi sposi*,
on a comparé plus d'une fois M. Manzoni
à sir Walter Scott. Jamais auteur ne se
ressemblèrent moins ni pour le genre, ni
pour le système.

Sir Walter Scott excelle à peindre
effets des passions, mais il remonte rare-
ment à la cause; M. Manzoni est plus mo-
raliste que peintre. L'un rend la nature
telle qu'il la voit; il ne choisit pas; il jette
pêle-mêle sur sa toile le beau et l'horrible,
le comique et le trivial. L'autre ne voit le
vrai que dans le beau, et le beau que dans

l'idéal. Enfin sir Walter Scott passe par
l'histoire pour arriver au roman; c'est par le
roman que M. Manzoni arrive à l'histoire.

Si Walter Scott avait eu de semblables
mœurs à retracer, on pourrait presque
assurer qu'il aurait envisagé le sujet sous
un autre aspect. Son imagination, fière et
aventureuse, nous aurait intéressé aux
bravi; il aurait ennobli à nos yeux ces
horribles brigands. Le grand Inconnu, le
terrible *Innominato,* ne se serait pas hu-
milié aux pieds d'un prêtre : il serait mort
comme ce chef de clan, ce Mac-Ivor, dont
l'agonie et le supplice nous poursuivent
jusque dans nos rêves. L'âme douce et rê-
veuse de M. Manzoni a sympathisé avec
d'autres idées. S'il avait moins de génie,
si l'on pouvait penser qu'il imite quelqu'un, on le croirait plutôt l'élève des ro-
manciers allemands. Il en a tout le mysti-
cisme, toute l'idéalité, quelquefois même
toute la recherche.

Jamais peut-être Walter Scott n'a es-

quissé une figure de vierge plus suave que
celle de Lucia. Jamais peut-être son pin-
ceau n'a été aussi sombre, aussi vigoureux
et aussi poétique à la fois que celui de
M. Manzoni dans le tableau de la peste.
Mais, il faut le confesser, M. Manzoni ne
sait pas faire mouvoir les masses comme
l'auteur des *Puritains;* il ne sait pas voir
et écouter la foule; il ne la comprend
pas. Dès que le peuple est en mouvement,
il ne le domine point, il le suit pas à pas,
il le voit avec une joie d'enfant commettre
des fautes, il s'indigne lorsque, sous une
domination tyrannique et brutale, il le
voit se lever dans sa colère et demander
du sang; puis, se perdant dans d'intermi-
nables détails, il laisse échapper les principales figures du tableau. Quand on se
rappelle le sublime début de la *Prison*
d'Édimbourg, l'émeute de Milan paraît
bien froide et bien décolorée. Il est vrai
que l'auteur italien a une excuse. Sir
Walter Scott n'écrit que sous l'inspiration

e ses propres pensées ; M. Manzoni écrit sous les yeux de la censure autrichienne. Et pourtant, malgré la mesure de l'auteur, malgré son éloignement pour les masses, jamais acte d'acte d'accusation plus terrible ne fut dressé contre les dominateurs actuels de ces belles contrées. La ressemblance du portrait a échappé à la perspicacité du censeur.

La fable du roman est peu compliquée, mais il y a quelque chose de sublime dans la conception. Tandis que tous les personnages s'agitent pour les petits intérêts de la vie, celui-ci oppresseur, celui-là opprimé, la peste s'annonce de loin, elle plane sur leurs têtes, et finit par promener sur eux son terrible niveau. Dante a peu de tableaux aussi horriblement beaux que celui de Milan en proie à ce mal funeste. Ici les souvenirs historiques se marient habilement aux créations de l'auteur. De cette situation si neuve et si hardie il a fait sortir des scènes tour à tour comiques,

tendres, pathétiques. L'âme a-t-elle ja
mais été plus fortement remuée que lors
qu'on voit ces hideux *monatti* se promener sur des chars infects, assis sur de.
cadavres, buvant à la ronde, et chantant :
« Vive la peste ! »

Les *Promessi sposi* n'appartiennent
aucune école, à aucun type connu. Par
tout on y découvre le poète dramatique
caché derrière le romancier et l'historien
partout on y voit l'homme entraîné par l.
séduction vers les doctrines romantiques
et retenu, malgré lui, dans le goût et l
mesure classiques. Cette sorte de lutt
entre deux systèmes fait des *Promess.
sposi* l'un des ouvrages les plus originau
de l'époque.

Sous le rapport du style, les *Promess.
sposi* offrent un singulier phénomène lit.
téraire. Si l'on parle de ce style intim
qui revêt la pensée d'expressions justes e
élégantes, jamais ouvrage n'eut ce mérit
au même degré. M. Manzoni rend s

pensée avec un bonheur de diction bien
rare, même chez nos plus grands écrivains; mais ce n'est pas tout en Italie.

Nous l'avons dit. La langue est loin
d'être fixée en Italie. On dirait qu'elle
échappe aux auteurs, et elle leur échappe
d'autant plus, que ce n'est point une langue
qui se forme, mais une langue qui s'en va.
Chaque province, formant un royaume sé-
paré et indépendant, a, comme ses mœurs,
son langage à part. Tous les mots dont
on se sert sont italiens, sans doute; mais
tel est usité en Toscane, qui excite le
rire à Rome. Un Romain trouvera, par
exemple, aussi ridicule le mot *tasca*
(poche) qu'un Toscan le mot *saccoccia*.
De là suit qu'un prosateur est difficilement goûté hors de sa province. Les idiotismes surtout varient d'un ruisseau à
l'autre. Parmi ces nombreux dialectes, le
lombard est celui qui a le moins de partisans. En général, les Italiens professent
un souverain mépris pour leurs compa-

triotes du nord, et l'on trouvera des traces de cette aversion dans les *Promessi sposi*.

En écrivant un ouvrage sur l'histoire de son pays, M. Manzoni a voulu, en quelque sorte, fixer un langage, faire pour la prose italienne moderne ce que Pascal a fait pour le français. L'œuvre était difficile; et, il faut bien l'avouer, nous ne croyons pas que M. Manzoni ait réussi. Ce grand poète est d'une érudition peu commune; personne ne possède mieux que lui l'histoire littéraire de son pays; il connaît toutes les ressources, toutes les finesses de sa langue, et cet éloge, qui aurait presque l'air d'une raillerie appliqué à un auteur français, est immense aux yeux des Italiens. M. Manzoni a beaucoup lu; il prend des idiotismes dans tous les dialectes; il fait quelquefois une page de pur toscan, quelquefois dix pages entières de lombard; mais quoique le fond de son style soit milanais, il n'a pas de style à lui. Le dialecte lombard est lourd et dur,

sa construction est traînante et embarras-
sée ; il n'a pas gagné en énergie ce qu'il a
perdu en grâce, et il répugne surtout à
une alliance avec tout autre dialecte. Le
plus grand vice du style de M. Manzoni,
c'est de manquer de *fondu.*

Un des plus illustres auteurs de l'école
lombarde, Verri, inférieur sous beaucoup
d'autres rapports à M. Manzoni, nous semble, sur ce point, avoir l'avantage. Le style
de Verri est original, il se soutient ; une fois
que le lecteur est entré dans les artifices de
cette diction vraiment admirable, il l'a-
dopte, quelle que soit sa province, quelle
que soit sa prédilection pour tel ou tel dialecte. M. Manzoni ne se soutient qu'à
force de génie.

Qu'on nous permette maintenant quelques mots sur notre traduction.

Nous avions d'abord voulu conserver
toute la physionomie de l'original ; mais
d'après ce que nous venons d'exposer au
lecteur, il doit sentir qu'une telle tâche

était impossible. Nous nous sommes ef-
forcés de reproduire tout ce qui pouvait
être reproduit, et quelquefois, souvent
même, quand un *italianisme* nous semblait mieux rendre le mouvement de l'auteur, nous n'avons pas hésité à le conserver. En général, sous la plume d'un tra-
ducteur, la langue prend la couleur et les
formes de la langue originale; une traduction du latin emprunte volontiers le
latinisme. Pourquoi aurions-nous négligé
cette ressource? Au reste, nous ne l'avons
pas cherchée. En revoyant notre travail,
nous aurions pu faire aisément disparaître
toutes les tournures qui s'éloignent un peu
des tournures françaises; mais ce n'était
point une traduction que nous voulions
donner au public : c'était, autant que possible, l'ouvrage de M. Manzoni. *

---

* Les épreuves de cet ouvrage ont été revues
avec un peu de précipitation. En quelques passages on lira : *Lever la voix, suppléer aux cir-*

Qu'il nous soit permis de faire agréer M. Trognon l'hommage public de notre atitude. Ce savant littérateur avait enepris une traduction des *Promessi sposi,* laquelle ses nombreuses occupations l'ont orcé de renoncer; il a bien voulu mettre notre disposition quelques fragments u'il avait traduits avec un sentiment proond des beautés du texte et une rare éléance. Si nous ne les avons point conserés, nous prions le lecteur de nous paronner ce petit calcul d'amour-propre : ous avons fui le parallèle, comme un comat trop au-dessus de nos forces.

Les trois premiers tomes des *Fiancés* ont entièrement conformes à l'original; dans les deux derniers nous avons cru devoir faire disparaître quelques longueurs. M. Manzoni entrait dans une foule de détails précieux sans doute pour des Mila-

constances, etc., etc. Nous nous en rapportons sur ce point et sur quelques autres à la sagacité du lecteur.

nais, mais fort peu intéressants pour d
lecteurs français. Nous avons donc su
primé tout ce qui n'était que d'intérêt lo
cal et tout ce qui allongeait inutileme
le récit.

Nous emprunterons, en finissant, u
passage à Amyot, qui justifie le systèm
de traduction que nous avons suivi :

« Mais si, peut-estre, l'on ne treuve l
« langage de cette translation si coulant
« comme l'on a fait de quelques œuvre
« miennes.., je prie les lecteurs de vouloi
« considerer que l'office d'un propre tra
« ducteur ne gist pas seulement à rendr
« fidelement la sentence de son autheur
« mais aussi à representer aucunement e
« à adombrer la forme du style et manier
« de penser d'iceluy, s'il ne veut com
« mettre l'erreur que ferait le peintre qui
« ayant pris à pourtraire un homme a
« vif, le peindrait long là où il serait court
« et gros là où il serait gresle, encor
« qu'il le faist naïfvement bien ressemble

« de visage. Car encore puis-je bien asseu-
« rer, quelque dur ou rude que soit le lan-
« gage, que ma traduction sera plus aisée
« aux Français que l'original grec à ceux
« mesmes qui sont les plus esercitez en la
« langue grecque... Si je me suis en quel-
« ques endroits abusé, comme il est bien
« aisé en autheur si obscur et ouvrage si
« long, mesmement à personne de si peu
« de suffisance comme moy, je prierai les
« lisants de vouloir bien pour ma des-
« charge accepter l'excuse que me donne
« le poëte Horace, quand il dit :

« En œuvre longue il n'est point de merveille
« Si quelquefois l'entendement sommeille. »

INTRODUCTION.

―――

« L'histoire se peust véritablement desfinir une guerre illustre contre le temps, parce que, en lui arrachant des mains les années qu'il a réduites en captivité, ains desquelles il a déjà fait des cadavres, elle les rappelle à la vie, les passe en revue, et les range de nouveau en bataille. Mais les illustres champions qui, dans une telle aresne, font moisson de palmes et de lauriers, ravissent seulement les dépouilles les plus riches et les plus éclatantes, embaumant avec leur encre les entreprises des princes et potentats et des personnages titrés, et ourdissant avec l'aiguille très déliée de l'esprit des fils d'or et de soye, qui forment une perpétuelle broderie d'actions glorieuses. Toutefois il n'est pas permis à ma faiblesse de s'élever à de tels arguments, et à des sublimités si périlleuses,

« en m'égarant dans les labyrinthes des intr
« gues politiques et le fracas des instrumen
« guerriers. Seulement ayant eu connaissan
« de faits mémorables, bien qu'ils n'aie
« trait qu'à des gens de bas lieu et de peu d'ii
« portance, je me prépare à en laisser
« souvenir à la postérité, en faisant ingesnu
« ment du tout un récit, ou soit une relatio
« On y verra dans un étroit théâtre des trag
« dies douloureuses d'horreur et des scèn
« d'une grande méchanceté, avec des interm
« des d'entreprises vertueuses et de bonté a
« gélique opposées à des opérations diabo
« ques. Et véritablement, en considérant ̣
« nos climats sont soubs l'empire du roy cath
« lique, nostre seigneur, qui est ce soleil q
« jamais ne se couche, et que sur eux, av
« une lumière réflechie, tel qu'une lune q
« ne descroist jamais, brille le héros d'u
« noble race qui, *pro tempore*, en occu
« toutes les parties, et les illustres sénate
« tels que des étoiles fixes, et les autres r
« pectables magistrats tels que des astres e
« rants, répandent la lumière de toutes part
« venant ainsi à former un nobilissime ciel,

ne peut treüver d'autre cause, en le voyant
métamorphosé en un enfer d'actions téné-
« nébreuses, de meschanceté et de crimes qui
« se vont multipliant chaque jour de la part
« des hommes, sinon que c'est par l'art du dé-
« mon, puisque l'humaine malice ne dèvroit
« pas suffire par elle-même à résister à tant
« de héros qui, avec des yeux d'Argus et des
« bras de Briarée, se vont desvouant pour le
« public advantage. C'est pourquoi, en descri-
« vant ce récit arrivé aux temps de ma verte
« saison, bien que la plus grande partie des
« personnes qui y jouent leurs rosles aient dis-
« paru de la scène du monde, en se rendant tri-
« butaires des Parques, toutefois, par de justes
« convenances, on taira leurs noms, c'est-à-
« dire leur nom patronymique, et l'on fera de
« même pour les lieux, en indiquant seulement
« les territoires *generaliter*. Personne ne dira
« que ce soit une imperfection du récit, et une
« difformité de mon humble production, à
« moins qu'un tel critique ne soit une personne
« entièrement à jeûn de la philosophie, car
« quant aux hommes qui y sont versés, ils
« verront bien que rien ne manque à la sub-

« stance de ladite narration. Parce que, comm

« c'est une chose évidente et qui ne sera nié

« par personne, que les noms ne sont que d

« simples et très simples accidents...... »

Mais quand j'aurai eu l'héroïque constanc
de transcrire cette histoire de ce manuscri
jaunissant et couvert de ratures, quand je l'au
rai, comme on dit, mise au jour, se trouve
ra-t-il ensuite quelqu'un qui ait la constanc
de la lire?

Cette réflexion dubitative, née de la peine de
déchiffrer un griffonnage qui venait après *acc*
dents, me fit suspendre la copie et réfléchir sé
rieusement à ce qu'il convenait de faire. — I
est bien vrai, disais-je à part moi, en feuille
tan le manuscrit, il est bien vrai que cette
grêle de *concettini* et de figures ne tombe pa
sans interruption durant tout l'ouvrage. Le bon
secentista * a voulu, au premier abord, fair

---

* On donne ce nom aux écrivains du XVIe et
de la première moitié du XVIIe siècle, époque
de décadence et de mauvais goût en Italie. Rien
de plus faux, de plus outré, de plus extrava-
gant que les productions de ce temps. C'est
alors que brillaient Marini et L'Achillini, d'em-

n peu montre de sa valeur; mais ensuite, dans
cours de la narration et quelquefois durant
longs trajets, le style chemine bien plus na-
rel et bien plus uni. Oui; mais comme il est
mmun! comme il est inégal! comme il est
correct! Idiotismes lombards à foison, phra-
s de la langue employées à rebours, con-
ructions arbitraires, périodes boîteuses; et
uis quelques petites élégances espagnoles se-

atique et ridicule mémoire. On verra que M.
anzoni ne s'est pas borné à cette seule attaque
ontre cette école tombée dans le mépris. Dans
tome IV il cite le premier vers du fameux son-
et que L'Achillini adressa à notre roi Louis XIII :

> Sudate, o focchi, a preparar metalli.
> « Suez, ô feux, à préparer les métaux. »

t peut-être aurait-il dû rappeler la piquante
rodie qu'en fit Crudeli, poète du premier or-
e, trop peu connu en France :

> Sudate, a forni, a preparar pagnotte.
> « Suez, ô fours, à préparer les pains mollets. »

ous ne comprenons pas bien où va l'ironie de
uteur, à moins qu'il n'ait voulu attaquer l'é-
le de style qui lutte en Italie pour ramener les
eilles locutions; mais une attaque, même dé-
urnée, ne peut sortir de son âme douce et inof-
sive.

mées çà et là *; et puis, ce qui est bien pi
dans les endroits les plus terribles ou les pl
touchants de son histoire, à chaque occasic
d'exciter la surprise ou de faire penser, à to
les passages enfin qui demandent, il est vra
quelques fleurs de rhétorique; mais d'une rh
torique sobre, fine, de bon goût, ce dig
homme ne manque jamais d'y mettre quelq
chose dans le genre de son début. Et alor
réunissant, avec une habileté admirable, de
qualités aussi opposées en apparence, il trou
moyen d'être en même temps trivial et affe
dans la même page, dans la même périoc
dans le même mot. Voilà justement! des déc
mations ampoulées composées à force de so
cismes vulgaires, et partout cette ignorai
ambitieuse qui est le caractère particulier
écrits de ce siècle en ce pays. En vérité, ce
sont pas des choses à offrir aux lecteurs d'a
jourd'hui: ils sont trop avisés, trop dégoûtés
ce genre d'extravagances. Il est heureux

_____

** Cette époque est celle de la dominat
espagnole. L'esclave apprend presque toujo
la langue du maître.

ette bonne pensée me soit venue au commenement de ce malheureux travail, et je m'en
ve les mains.

Sur le point cependant de fermer le manusrit pour le laisser là, j'étais fâché qu'une hisoire aussi belle dût rester toujours inconnue,
arce que, en tant qu'histoire, il se peut qu'il
n semble autrement au lecteur; mais elle m'a
emblé fort intéressante. — Pourquoi ne pourait-on pas, pensais-je, prendre la série des
aits de ce manuscrit, et en refaire le style? —
.omme il ne se présenta aucun *parce que* raionnable à ce *pourquoi*, le parti en fut aussitôt
mbrassé. Et voilà l'origine du présent livre
xposée avec une ingénuité égale à l'importance
u livre même.

Toutefois, quelques uns de ces faits, certains
usages décrits par notre auteur, nous avaient
paru si neufs, si étranges, pour ne rien dire
de plus, qu'avant d'y ajouter foi nous voulûmes interroger d'autres témoins. Nous nous
donnâmes la peine de fouiller dans les mémoires du temps pour vérifier si vraiment le monde
cheminait alors à cette guise. Une telle recherche dissipa tous nos doutes : à chaque pas nous

tombions dans des choses semblables et dan
des choses plus fortes encore; et ce qui nou
parut plus décisif, c'est que nous retrouvâme
jusques à quelques personnages dont, n'ayan
jamais eu connaissance que par notre manu
scrit, nous étions en doute s'ils avaient réelle
ment existé. Nous citerons au besoin quelque
uns de ces témoignages, pour gagner de la f
aux choses auxquelles le lecteur, à cause d
leur étrangeté, serait plus tenté de la re
fuser.

· Mais en rejetant comme intolérable le styl
de notre auteur, quel style y avons-nous sub
stitué? Voilà la difficulté.

Quiconque, sans en être prié, se mêle d
refaire le travail d'autrui, s'expose à rendre u
compte étroit du sien, et il en contracte e
quelque sorte l'obligation. C'est là une règl
de fait et de droit à laquelle nous ne prétendon
aucunement nous soustraire. Il y a plus: pou
nous y conformer de bonne grâce, nous nou
étions proposé de donner ici en détail raison d
la manière d'écrire que nous avons employée;
à cette fin nous sommes allé, durant tout 1
temps du travail, cherchant à deviner les cri

ques possibles et probables, avec l'intention
les réfuter toutes par anticipation. Ce n'est
s là qu'aurait été la difficulté, puisque (nous
vons le dire pour l'honneur de la vérité) il ne
présentait pas à l'esprit une critique qu'il
y vînt en même temps une réponse victo-
use, je ne dis pas de ces réponses qui résol-
nt les questions, mais de ces réponses qui
changent. Souvent même, en mettant deux
itiques aux prises entre elles, nous les fai-
ns combattre l'une contre l'autre; ou, en les
eusant bien, en les comparant attentivement,
us parvenions à découvrir et à prouver que,
en qu'opposées en apparence, elles étaient
urtant d'un même genre, elles provenaient
utes deux de ce qu'on ne prenait pas garde aux
ts et aux principes sur lesquels le jugement
it être fondé; et en les mettant, à leur grande
prise, ensemble, nous les envoyions ensem-
epromener. Il n'y aurait jamais eu d'auteur qui
ouvât aussi évidemment qu'il avait bien fait.
is quoi! lorsque nous en sommes venu à
sembler toutes ces objections et toutes ces
onses pour les disposer avec quelque ordre,
séricorde! il y avait de quoi faire un livre.

Voyant cela, nous mettons de côté cette id
pour deux raisons que le lecteur trouvera c
tainement concluantes : la première, c'
qu'un livre consacré à en justifier un aut
même le style d'un autre, pourrait paraître ch
ridicule ; la seconde, c'est qu'il y a assez d
livre parfois, lorsque ce n'est pas un li
utile.

LES FIANCÉS.

CHAPITRE PREMIER.

Le bras du lac de Como qui se dirige vers le
idi, entre deux chaînes non interrompues de
ontagnes, et coule tout entier, selon qu'elles
'en approchent ou qu'elles s'en écartent, en baies
t en golfes, vient enfin à se resserrer tout à coup
t à prendre le cours et l'apparence d'un fleuve
ntre un promontoire à droite et une large ri-
·ière de l'autre côté. Le pont qui joint en cet
ndroit les deux rives l'une à l'autre semble ren-
re ce brusque passage encore plus sensible à
'œil; il marque le point où le lac finit et l'Adda
ecommence, pour reprendre ensuite son nom de
ac au lieu où les rives, en s'élargissant encore,
ermettent à l'eau de se déployer et de ralentir
on cours en de nouveaux golfes et de nouvelles
aies. La rivière, formée par la réunion de trois
ros torrents, descend le long du penchant de
eux monts contigus, dont l'un porte le nom de
an-*Martino*, et l'autre, en dialecte lombard,
elui de *Resegone*, à cause de ses nombreuses
entelures, qui le font tellement ressembler à une
cie, qu'au premier aspect et vu de face, par
xemple de la partie des remparts de Milan qui
egarde le nord, il n'est personne qui, à ce simple

indice, ne le distingue parfaitement, daiis c
long et vaste amas de cimes, des autres mon
tagnes d'un nom plus obscur et d'une forme pl
commune. Durant une bonne partie de son cours
la rivière coule dans un lit d'une pente douce e
continue; puis, interrompue dans sa marche pa
des coteaux et de petits vallons, elle se préci
pite en cascade ou s'étend en larges flaques, se
lon le plus ou moins d'obstacle qu'opposent le
deux montagnes et le travail des eaux. La lisière
sillonnée par les bouches des torrents, n'est pres
que que du gravier et des cailloux; le reste di
sol se compose de champs et de vignobles par
semés de villages, de maisons de plaisance et d
chaumières; de loin en loin ce sont des bois qu
se prolongent jusque sur la montagne. Lecco
le plus considérable de ces villages, et qui donn
son nom au territoire, est situé à peu de distanc
du pont, sur les rives du lac, et même en parti
dans le lac quand les eaux viennent à grossi
C'est un grand bourg à l'heure d'aujourd'hui
et qui prend la tournure de devenir ville. A
temps où se passèrent les événements que nou
entreprenons de raconter, ce bourg, déjà asse
important, était de plus une place forte; il avai
par conséquent l'honneur de loger un gouver
neur, et l'avantage de posséder une garniso
permanente de soldats espagnols qui enseignaie
la modestie aux jeunes filles et aux femmes d
pays, caressaient de temps à autre les épaules d
maris et des pères, et vers la fin de l'été ne ma
quaient jamais de se répandre dans les vign

our éclaircir le raisin et soulager le paysan des
tigues de la vendange. De l'un à l'autre de ces
ameaux, des hauteurs au lac et d'une hauteur
celle qui l'avoisine, couraient et courent encore
n grand nombre de sentiers pratiqués à travers les
etites vallées, tantôt escarpés, tantôt unis,
ntôt doucement inclinés, la plupart bordés de
urs bâtis avec de gros cailloux que revêtent çà
t là de vieilles souches de lierre dont les barbes
évorent le ciment, en prennent la place, et tien-
ent jointes l'une à l'autre les pierres qui ver-
issent de leur feuillage. En quelques endroits
es sentiers s'enfoncent tellement qu'ils sont
omme ensevelis entre les murs, et le voyageur,
n levant les yeux, ne découvre que le ciel et
uelque cime de montagne. Ailleurs ce sont des
errasses qui vont en tournant sur le bord d'une
splanade, ou se déploient en saillie sur la pente
omme un long escalier, soutenues par des murs
i en dehors semblent s'élever sur leur base
mme autant de bastions escarpés, mais qui,
r le sentier même, n'atteignent guère que la
auteur d'un parapet; et là le voyageur peut
romener librement ses regards sur les points de
e les plus variés et les plus délicieux. D'une
rt on découvre la plaine azurée du lac, coupée
r ses isthmes et ses promontoires, et sur ses
rds de riants paysages qui se réfléchissent dans
au là tête renversée; de l'autre l'Adda, qui,
peine sortie des arches du pont, se répand de
uveau en petit lac, puis se resserre et se pro-
nge jusqu'à l'horizon en brillants méandres;

en haut les cimes entassées des monts suspendu:
sur la tête de qui les contemple; au-dessous l·
penchant cultivé de la montagne, les paysages
le pont; en face la rive opposée du lac, et en l:
remontant de l'œil, le mont élevé qui l'enferme

C'était par un de ces sentiers, vers la chute d·
jour, le 7 novembre de l'an 1628, que retour
nait à pas lents chez lui, de la promenade, dor
Abbondio ***, curé de l'un des villages que l'or
vient de décrire. Notre auteur ne donne pa
plus le nom du pasteur que le nom du hameau
Et déjà de deux réticences !… Il disait tranquil·
lement son office, et de temps en temps, entre u·
psaume et l'autre, il refermait le bréviaire su
l'index de la main droite, dont il se servai
comme d'un signet; puis, mettant les deux main
derrière son dos, la droite avec le livre à den:
fermé dans la paume de la gauche, il allait so
chemin, les yeux baissés, poussant du pied vers l·
muraille les cailloux qui obstruaient la route, ·
donnant une plus tranquille audience aux pensé·
oisives qui étaient venues tenter son esprit, tand·
que ses lèvres récitaient toutes seules les verse·
des complies. Sortant ensuite de ces pensées, ·
levait les yeux vers la montagne qui lui faisa·
face, et il contemplait machinalement la l·
mière du soleil à peine tombant, qui, s'écha·
pant à travers les crevasses du mont opposé, j·
tait çà et là de longues et inégales bandes
pourpre sur les saillies des rochers qui réfléch·
saient ses rayons. Puis il rouvrit encore son b·
viaire, et après en avoir récité un autre pe·

passage, il arriva à un tournant du sentier où il avait chaque jour coutume de laisser là son livre et de regarder devant lui; et autant en fit-il ce jour-là. Le tournant franchi, la route courait en droite ligne une soixantaine de pas environ, et elle se partageait en deux sentiers en forme d'Y : à droite elle allait en montant vers la montagne, et c'était le chemin qui conduisait au presbytère; à gauche de l'embranchement elle plongeait dans la vallée jusques à un torrent. De ce côté le mur ne s'élevait qu'à hauteur d'appui. Au lieu de se réunir à l'angle, les murs intérieurs des deux sentiers aboutissaient à une petite chapelle sur laquelle étaient peintes certaines figures, longues, serpentantes, terminées en pointe, qui, dans la pensée de l'artiste et aux yeux des habitants du voisinage, figuraient des flammes, et, alternativement avec les flammes, certaines autres figures impossibles à décrire, représentant à peu près les âmes du purgatoire. Âmes et flammes, tout était couleur de brique, sur un fond grisâtre, avec quelques égratignures par-ci par-là. Le détour fait, en dirigeant, selon sa coutume, ses regards vers la chapelle, le curé vit une chose qu'il n'attendait guère, et dont il se serait peu soucié. Deux hommes étaient postés en face l'un de l'autre, au confluent, si l'on peut ainsi s'exprimer, des deux sentiers: l'un à cheval sur le petit mur, une jambe pendante en dehors, et un pied posé sur la route; l'autre planté sur ses pieds, collé au mur, les bras croisés sur la poitrine. Le costume, la tournure et tout ce

que pouvait en saisir le curé, du lieu où il s
trouvait, ne laissaient aucun doute sur ce qu'é
taient les deux compagnons. Ils avaient to
deux la tête ceinte d'un réseau à mailles verte
d'où s'échappait sur le front un toupet énorme
qui retombait sur l'épaule gauche, où il se ter
minait en grosse houppe; leurs deux longu
moustaches s'arrondissaient en anneaux à l'ex
trémité; un ceinturon de cuir verni, d'où pen
dait, fixée par de petits crochets, une paire d
pistolets, serrait le bord de leur pourpoint; un
petite corne pleine de poudre jouait sur leu
poitrine en guise de joyau; au côté droit de leu
braies larges et bouffantes était une poche d'o
sortait le manche d'un coutelas; une rapière
large poignée travaillée à jour en lames de laito
bien fourbies et bien reluisantes, dont l'assem
blage formait des chiffres, était attachée à leu
flanc gauche. A la première vue on les recon
naissait pour des individus de la classe de
bravi.

Cette classe, entièrement perdue aujourd'hui
était alors très florissante en Lombardie, et déj
extrêmement ancienne. Pour qui n'en aurai
aucune idée, voici quelques fragments de pièce
authentiques qui pourront faire suffisamment con
naître ses principaux caractères, les efforts ten
tés pour la détruire, et combien sa force vital
était insolente et tenace.

Dès le 8 avril de l'an 1585, le très haut et trè
puissant seigneur don Carlos d'Aragon, princ
de Castelvetrano, duc de Terra-Nuova, marqui

d'Avola, comte de Burgeto, grand-amiral et grand-
onnétable de Sicile, gouverneur de Milan et
apitaine-général de S. M. catholique en Italie,
« pleinement informé de l'intolérable misère
« dans laquelle a vécu et vit encore la cité de
« Milan, à cause des *bravi* et des vagabonds,
« publie contre eux un arrêt de bannissement.
« Il déclare que doivent être compris dans cet ar-
« rêt et reconnus pour *bravi* et compagnons....
« tous ceux qui, soit étrangers, soit du pays,
« n'ont aucune profession, ou, l'ayant, ne l'exer-
« cent pas....; mais qui, sans ou même avec sa-
« laire, s'attachent à la personne de quelque
« chevalier ou gentilhomme, officier ou mar-
« chand...., pour lui prêter aide ou main-forte,
« ou plutôt, ainsi qu'on a droit de le présumer,
« pour tendre des embûches à autrui.... » Il
enjoint à tous ces individus d'avoir à vider
le pays dans l'espace de six jours, porte la peine
des galères contre les réfractaires, et donne à
tous les officiers de justice amples et pleins pou-
voirs pour l'exécution de la sentence. Mais, l'année suivante, au 12 avril, mondit seigneur, s'a-
percevant « que la ville est plus que jamais
« pleine de ces *bravi*...., qui ont recommencé
« à vivre comme par le passé, sans rien changer
« à leurs habitudes et sans diminuer de nom-
« bre, » publie une nouvelle ordonnance aussi
ferme et aussi remarquable, dans laquelle, entre
autres choses, il prescrit :

« Que tout individu, soit citadin, soit étran-
« ger, que deux témoins déclareront être tenu

« et communément réputé pour *bravo* et en avoi
« le nom , encore bien qu'on ne découvre aucu
« délit de son fait...., sur sa seule renommée d
« *bravo ,* et sans qu'il soit aucunement besoir
« d'autres indices, pourra, par lesdits juges e
« chacun d'eux, être condamné à la potence e
« à la torture, après l'enquête...; et, encore bie
« qu'il ne s'avoue coupable d'aucun crime, être
« envoyé pour trois ans aux galères, toujours su
« sa seule réputation et son titre de *bravo ,*
« comme dessus. » Tout cela , et sans compter l
reste, « parce que Son Excellence est résolue de
« se faire obéir d'un chacun. »

A entendre les paroles si énergiques ; si posi
tives, et accompagnées d'ordres si sévères d'ui
si grand seigneur, on éprouve quelque tentatioi
de croire que sur ce seul bruit tous les *bravi* dis
parurent pour jamais. Mais nous avons le témoi
gnage d'un seigneur non moins puissant, noi
moins riche en titres, qui nous oblige à croire
tout le contraire. C'est le très haut et très puis
sant seigneur Juan Fernandez de Velasco, con
nétable de Castille, grand-chambellan de Sa Ma
jesté, duc de la ville de Frias, comte de Haro e
Castelnuovo, seigneur du manoir de Velasco e
de celui de sept infants de Lara, gouverneur d
l'état de Milan, etc. En date du 5 juin de l'a
1593, pleinement informé aussi « de quel domma
« ge et de quelle ruine sont... les *bravi* et les vaga
« bonds, quelle atteinte une telle sorte de gen
« porte au bien public, au mépris de la justice,
il leur intime de nouveau l'ordre de purger le

pays de leur présence dans le délai de six jours,
et il répète, mot pour mot, les menaces et les
injonctions de son prédécesseur. Ce n'est pas tout.
Le 25 mai de l'an 1598, « informé avec un mor-
« tel déplaisir que...., dans la ville et l'état de
« Milan, le nombre de ces gens-là (les *bravi* et
« les vagabonds) va croissant de plus en plus, et
« que, de leur part, soit de jour, soit de nuit,
« on n'entend parler que de blessures données en
« embuscade, d'homicides, de vols et de toute
« espèce de crimes, dont l'exécution leur est d'au-
« tant plus facile que ces *bravi* se confient en
« l'aide que leurs chefs et leurs fauteurs ont cou-
« tume de leur prêter....., » il prescrit les mêmes
remèdes, et il en augmente la dose, ainsi qu'on
en use dans les maladies désespérées. « Que cha-
« cun donc, dit-il en concluant, se garde bien de
« contrevenir à la présente ordonnance : car, au
« lieu d'éprouver la clémence de Son Excellence,
« on éprouverait sa rigueur et sa colère......, ré-
« solue et déterminée qu'elle est à ce que cet aver-
« tissement soit péremptoire et le dernier. »

Le très haut et très puissant seigneur monseigneur don Pietro Enriquez de Acevedo, comte de
Fuentès, capitaine et gouverneur général de l'é-
tat de Milan, ne fut pourtant pas de cet avis, et
pour cause. « Pleinement informé de l'état dé-
« plorable dans lequel se trouve la ville et l'état
« de Milan, à cause des *bravi* qui y abondent....,
« et résolu d'extirper entièrement une engeance
« si pernicieuse, » il se détermine à donner, le 5
décembre 1600, un nouvel avertissement plein

1.

de mesures sévères, « avec la ferme intentio
« qu'elles soient toutes exécutées dans la dernièr
« rigueur, et sans espérance de rémission. »

Il faut croire qu'il n'y mit pas toute la bonn
volonté qu'il savait employer à ourdir des intri
gues et à susciter des ennemis à son illustre en
nemi Henri IV : car sur ce point l'histoire fait fo
qu'il réussit à armer contre ce monarque le du
de Savoié, qui n'y perdit pas mal de villes, e
qu'il parvint à faire conspirer le duc de Biron,
qui il fit perdre la tête. Quant à cette maudit
graine des *bravi*, il est certain qu'elle germai
encore le 22 septembre 1612, puisque ce jour-l
le très haut et très puissant seigneur don Giovan
ni de Mendozza, marquis de la Hiñojosa, gen
tilhomme, etc., gouverneur, etc., songe a sérieu
sement à l'extirper. A cet effet, il expédia à Pan
dolfo et Marco Tullio Malatesta, imprimeurs d
roi, l'ordonnance accoutumée, revue, corrigé
et considérablement augmentée, afin qu'ils l'im
primassent pour l'extermination des *bravi*. Mai.
ceux-ci vécurent encore assez pour essuyer, l
24 décembre 1618, les mêmes coups de la mai
de très haut et très puissant seigneur monseigneu
don Gomeo Suarez de Figuerza, duc de Fe
ria, etc., gouverneur, etc. Comme ils n'en étaien
pas morts davantage cette fois, le très haut e
très puissant seigneur monseigneur Gonzalo Fer
nandez de Cordoue, sous le gouvernement du
quel arriva la promenade de don Abbondio, s'é
tait vu contraint de revoir, de recorriger et de
réimprimer l'ordonnance accoutumée contre les

bravi, le 5 octobre de l'an 1627, c'est-à-dire un an un mois et deux jours avant ce mémorable événement.

Cette publication ne fut pas la dernière; mais nous croyons devoir passer sous silence celles qui la suivirent, comme sortant du cercle de notre histoire. Seulement nous indiquerons encore celle du 13 février 1632, dans laquelle le très haut et très puissant seigneur *le duc de Feria*, pour la seconde fois gouverneur, nous apprend que « les « plus grandes scélératesses viennent de ceux que « l'on nomme les *bravi*. » En voilà assez pour prouver que les *bravi* existaient toujours au temps dont nous parlons.

Que les deux personnages que nous avons dépeints fussent là postés pour attendre quelqu'un, c'était chose assez claire; mais ce qui causa le plus de déplaisir à don Abbondio, ce fut de s'apercevoir à certaines circonstances que c'était lui qu'on attendait. A son aspect ils s'étaient regardés, haussant la tête avec un mouvement d'après lequel on voyait qu'ils avaient dit tous deux en même temps : « C'est notre homme. » Celui qui était à cheval sur la muraille s'était levé en remettant sa jambe sur la route; l'autre avait quitté le mur où il était adossé, et tous deux marchaient à sa rencontre. Le curé tenait toujours son bréviaire ouvert devant ses yeux, faisant mine d'y lire; mais il regardait par-dessus pour épier leurs mouvements, et, en les voyant venir directement à lui, il fut assailli en un instant de mille pensées diverses. Il se hâta d'abord de se demander si, en-

tre les *bravi* et lui, il y avait quelque échappée
par le sentier, soit à droite, soit à gauche, et il
se rappela aussitôt que non. Il consulta rapidement ses souvenirs, pour rechercher s'il avait
blessé quelque homme puissant ou vindicatif;
mais, dans cette nouvelle anxiété, le témoignage consolant de sa conscience le vint pleinement rassurer. Cependant les *bravi* s'approchaient
toujours en le regardant fixement. Il porta l'index et le médium de la main gauche à son rabat, comme pour le rajuster, et les promenant
autour de son cou, il tourna la tête en arrière,
la bouche torte, et il regarda du coin de l'œil s'il
ne verrait pas arriver quelqu'un ; mais il ne vit
personne. Il lança par-dessus le petit mur un
coup d'œil rapide dans les champs, personne ; un
autre plus timide sur la route qui s'étendait devant lui, personne que les *bravi*. Que faire ? Retourner sur ses pas ? il n'était plus temps. Prendre
ses jambes à son cou ? c'était à peu près dire,
Poursuivez-moi, ou pis encore. Hors d'état d'es-
quiver le danger, il courut à l'encontre : car ces
moments d'incertitude étaient si cruels pour lui,
qu'il ne désirait rien tant que de les abréger.
Il hâta sa marche, récita un verset à voix plus
haute, appela sur son visage tout le calme et
toute l'hilarité possibles, s'efforça de tenir un sourire prêt à tout événement ; et quand il se trouva
nez à nez avec les deux bons compagnons, il dit
à part soi, M'y voilà, et il s'arrêta tout court.
« Seigneur curé ! » dit l'un d'eux en le regardant
effrontément entre les deux yeux.

« — Qu'y a-t-il pour votre service ? » répondit
aussitôt don Abbondio, levant les yeux de dessus
on livre, qu'il tint tout grand ouvert entre ses
eux mains.

« — Vous avez dessein, » poursuivit le *bravo*
e ce ton menaçant et courroucé dont on relève
n inférieur sur le point de tomber en faute ;
« vous avez dessein de marier demain Renzo Tramaglino et Lucia Mondella.

« — Mais... oui... » répondit d'une voix trem-
lante don Abbondio ; « mais... oui. Ces messieurs
« sont gens du monde, et ils savent très bien com-
« ment se font ces sortes de choses. Le pauvre
« curé n'y peut mais. On fait ses arrangements
« ensemble, et puis.... et puis on vient vers nous
comme on irait racheter un ban ; et nous, nous
sommes au service de qui nous demande.

« — Eh bien ! » dit le *bravo* à demi-voix, mais
vec l'accent solennel de quelqu'un qui ordonne ;
il ne faut pas que ce mariage se fasse ni demain
« ni jamais.

« — Mais, messieurs, » répliqua don Abbondio de cette voix mielleuse et caressante avec
laquelle on essaie de persuader un esprit altier ;
« mais messieurs, daignez vous mettre à ma
« place. Si cela dépendait de moi..... Vous voyez
« bien que je n'y ai nul intérêt.

« — Oui, oui, reprit le *bravo*, s'il fallait dé-
« cider l'affaire en bavardant, vous nous met-
« triez au sac. Nous n'en savons et n'en voulons
« pas savoir davantage. Homme averti !.... Vous
« m'entendez !....

« — Mais ces messieurs sont trop justes, tro
« raisonnables.....

« — Mais, » dit l'autre compagnon, qui jus
que alors n'avait pas ouvert la bouche ; « mais c
« mariage ne se fera pas, ou..... ». et ici un bo
jurement, « ou celui qui le fera ne s'en repentir
« pas, parce qu'on ne lui en laissera pas le temps
« et..... » un autre jurement.

« — Doucement, doucement, » reprit le pre
mier interlocuteur. « Le seigneur curé sait vi
« vre, et nous sommes de braves gens qui ne vou
« lons lui faire aucun mal s'il est raisonnable
« Seigneur curé, l'illustre seigneur don Rodrigo
« notre maître, vous salue cordialement. »

Ce nom fut pour l'esprit de don Abbondi
comme l'éclair qui, dans une nuit d'orage, ré
pandant sur les objets une lueur confuse et fugi
tive, augmente encore la terreur. Il fit, comm
par instinct, une inclination profonde, et dit
« Si ces messieurs pouvaient m'apprendre.....

« — Oh ! vous apprendre ! à vous qui savez l
« latin ! » interrompit encore le *bravo* avec u
rire entre l'effronterie et la férocité. « Cela vou
« regarde. Surtout que votre bouche ne laisse p
« échapper un mot de l'avis que nous vous avon
« donné pour votre bien ; sans quoi... hem... c
« serait autant que de faire le mariage. Eh bien
« que dirons-nous de votre part au seigneur do
« Rodrigo, notre maître ?

« — Mes respects....

« — Expliquez-vous, seigneur curé.

« — ......Prêt..... toujours prêt à lui obéir.

Et en disant ces mots il ne savait pas bien lui-
même s'il faisait une promesse ou un simple compliment. Les *bravi* le prirent ou affectèrent de le
rendre dans le sens le plus sérieux.

« — A merveille!..... Bonne nuit donc, seigneur curé, » dit l'un d'eux allant pour partir
vec son camarade. Don Abbondio, qui, peu
'instants auparavant, aurait donné un de ses
doigts pour les éviter, brûlait alors de prolonger
la conversation. « Messieurs...., » commença-t-il
en fermant le livre des deux mains; mais ceux-
ci, sans l'écouter plus long-temps, prirent le chemin par où il était venu, et s'éloignèrent en
chantant une vilaine chanson que je n'ose pas
transcrire. Le pauvre don Abbondio resta un
oment la bouche béante. Puis il prit à son
our celui des deux sentiers qui menait au pres-
ytère, pouvant à peine mettre une jambe de-
ant l'autre, tant elles se dérobaient sous lui, et
ans une situation d'esprit que le lecteur com-
rendra mieux lorsqu'il connaîtra le caractère
du personnage et les temps malheureux dans lesquels il lui était donné de vivre.

Don Abbondio (le lecteur s'en est déjà aperçu)
i'était pas né avec un cœur de lion; mais dès ses
plus jeunes années il avait dû se convaincre que
la pire condition était alors celle d'un animal
sans griffes ni dents, et qui ne se sentait pas de
oût pour se laisser dévorer. La force légale ne
rotégeait en aucune façon l'homme paisible,
inoffensif, et qui n'avait pas de moyens de faire
peur à son prochain. Ce n'est pas que les lois

manquassent contre les violences des particulier
Les lois pleuvaient, les délits étaient dénombr
et étiquetés avec un soin minutieux ; si les chât
ments, déjà passablement exorbitants, ne suffi
saient pas, ils pouvaient en toute occurence êtr
aggravés selon le bon plaisir du législateur et
cent officiers de justice ; les procédures n'étaie
réglées que pour délivrer le juge de tous les em
barras qui l'auraient empêché de porter une cor
damnation : les quelques citations que nous avor
faites des ordonnances contre les *bravi* en sont d
faibles mais de fidèles échantillons. Avec cela
et peut-être en grande partie à cause de cela
ces ordonnances réimprimées et aggravées pa
chaque gouverneur ne servaient qu'à attester e
termes pompeux l'impuissance de leurs auteurs
Que si elles produisaient quelque effet immédiat
c'était surtout d'ajouter de nouvelles vexations
celles que le pauvre peuple avait déjà à souffri
de la part des perturbateurs, et d'augmenter le
violences et l'astuce de ceux-ci. L'impunité étai
organisée ; elle avait jeté des racines si profondes
que les lois ne pouvaient ni les ébranler ni mêm
les atteindre. Tels étaient les asyles, tels les pri
viléges de certaines classes, reconnus en parti
par la force légale, en partie tolérés avec un si
lence perfide, ou niés avec de vaines protesta
tions, mais soutenus de fait, et conservés pa
toutes ces classes, et presque par chaque indi
vidu, avec l'activité de l'intérêt personnel et l
susceptibilité ombrageuse du point d'honneur.
Cette impunité menacée, attaquée, mais ja-

ais détruite par les ordonnances, devait na-
rellement, à chaque menace et à chaque
ttaque, redoubler d'efforts et de ruses pour
conserver. C'est ce qui ne manquait pas
arriver : à l'apparition d'une ordonnance di-
gée contre les perturbateurs, ceux - ci cher-
aient dans leur force réelle des ressources plus
fficaces pour continuer de faire ce que la loi
oulait défendre. On pouvait bien entraver à
haque pas et molester l'homme débonnaire
ui n'avait ni protection ni force à lui, parce
ue, sous prétexte d'avoir la main sur tous les
itoyens, pour prévenir ou pour punir les cri-
es, le pauvre particulier était assujetti de mille
anières aux volontés arbitraires de mille ma-
istrats et de leurs agents; mais celui qui, avant
e commettre un crime, avait pris ses mesures
our se retirer à temps dans un couvent, dans un
hâteau, où les sbires n'auraient jamais osé met-
re le pied; celui qui, sans autres précautions,
ortait une livrée qui engageait la vanité et l'in-
érêt d'une famille puissante, de toute une asso-
iation, à le défendre : celui-là était libre dans
es opérations, et pouvait se moquer du vain fra-
as des ordonnances. Parmi ceux à qui l'on com-
ettait le soin de les faire exécuter, quelques
ns appartenaient, par leur naissance, à la classe
rivilégiée, quelques autres en étaient les clients;
ous, par éducation, par intérêt, par habitude,
ar esprit d'imitation, en avaient épousé les
aximes, et se seraient bien gardés d'y être in-
idèles pour l'amour d'un chiffon de papier affi-

ché dans les carrefours. Quand bien même c
agents auraient été hardis comme des héros, d
ciles comme des moines, dévoués comme d
martyrs, ils n'auraient jamais pu en venir à bo
inférieurs qu'ils étaient en nombre à ceux cont
qui ils se seraient mis en guerre, et courant
chance d'être abandonnés, et même sacrifiés, p
ceux qui, en abstraction, et pour ainsi dire c
théorie, leur ordonnaient d'agir. Ces gens-
étaient pris parmi les plus mauvais sujets et la pl
basse canaille du temps; leur office était vil au
yeux même de ceux qu'ils pouvaient effrayer,
leur titre passait pour un injure. Il suivait nat
rellement de là qu'au lieu de risquer et de con
mettre leur vie dans des entreprises difficiles, i
vendaient leur inaction, et quelquefois même le
connivence, aux gens puissants, et ils se bornaient
à exercer leur autorité exécrée et la force qu'i
pouvaient avoir dans les occasions où il n'y ava
aucune espèce de danger à être oppresseur, c'es
à-dire à vexer le pauvre peuple.

L'homme qui veut faire la guerre aux autre
ou qui craint à chaque instant qu'on ne la l
fasse, cherche d'ordinaire des alliés et des comp
gnons: de là vient qu'en ce temps était portée a
plus haut point la tendance qu'ont les individ
à se tenir réunis en classes, à en former de no
velles, à procurer tous le plus de puissance pos
sible à celles dont ils font partie. Le clerc veillai
au soin de défendre et d'étendre ses immunités
la noblesse ses priviléges, le militaire ses exemp
tions. Les marchands, les artisans, étaient en

lés dans les maîtrises et les confréries ; les hommes de loi formaient une ligue, les médecins même une corporation. Chacune de ces petites ligarchies avait sa force particulière et spéciale ; ns chacune, l'individu trouvait l'avantage 'employer pour lui, à proportion de son pouoir et de son habileté, les forces réunies de pluïeurs. Les plus honnêtes gens ne s'en prévalaient ue pour leur défense ; les hommes de ruse et 'audace en profitaient pour mener à fin des friïonneries auxquelles leurs propres moyens n'auaient pas suffi, et surtout pour en assurer l'imunité. Les forces de ces différentes ligues étaient xtrêmement inégales. Dans les campagnes surut, le gentilhomme riche et despote, avec une ande de *bravi* à sa solde, entouré de paysans, acmés par tradition, intéressés, ou même conaints, à se regarder comme les sujets et les ldats de leur seigneur, exerçait un pouvoir auuel toute autre fraction de ligue aurait pu diffiilement tenir tête.

Notre Abbondio, qui n'était ni noble, ni riche, i vaillant, s'était donc aperçu, presque au sortir e l'enfance, qu'il allait être dans cette société come un pot de terre obligé de cheminer en companie d'un grand nombre de pots de fer : aussi ne se t-il pas prier pour céder au vœu de ses parents, ui le voulaient faire entrer dans les ordres. A vrai ire, il n'avait pas longuement réfléchi aux obliations et aux nobles fins du saint ministère auuel il se vouait : s'assurer une existence assez ouce, et entrer dans une classe forte et respec-

tée , lui parurent deux raisons plus que suffisan
pour un tel choix. Mais une classe quelconque
pourvoit que jusqu'à un certain point à la sûr
de l'individu ; elle ne le dispense aucunement
se faire un système particulier de conduite. D
Abbondio, continuellement absorbé dans la p
sée de veiller à sa propre sûreté, se souciait p
d'autres avantages qu'il aurait fallu acheter
prix de beaucoup de fatigues et d'un peu de r
que. Son système consistait surtout à éviter tou
espèce de débats, et à céder dans les rencont
qu'il ne pouvait pas éviter. Neutralité désarm
dans toutes les guerres qui naissaient autour
lui , soit à propos de querelles, alors très fr
quentes , entre le clergé et le pouvoir séculie
soit par les différents, plus fréquents encore,
nobles et des officiers , des magistrats et des n
bles, des *bravi* et des soldats, et jusqu'aux pl
simples rixes entre deux paysans, qu'un mot f
sait naître, et qui se décidaient à coups de poi
et à coups de couteau. S'il était absolument for
de prendre parti pour l'un des combattants, il
rangeait avec le plus fort, et encore était-ce to
jours en arrière, et en assurant bien l'autre qu
n'était pas volontairement son ennemi. Il sembl
lui dire : Mais pourquoi ne pas vous arranger
manière à être le plus fort ? je me serais mis
votre côté. Se tenant à distance des puissants, fe
mant les yeux sur leurs injustices passagères et c
pricieuses , se prêtant humblement à celles q
partaient d'une intention plus sérieuse et plus r
fléchie, contraignant à force de courbettes et d

iales expressions de respect les plus farouches les plus hautains à lui adresser un sourire and ils le rencontraient sur leur chemin, le uvre homme avait réussi à atteindre ses soixante s sans fortes bourrasques.

Ce n'est pas toutefois qu'il n'eût au fond de me sa petite dose de fiel. Ce perpétuel exercice la patience, cette nécessité de donner si sount raison à autrui, tant d'amères pilules avaes en silence, lui avaient aigri à tel point le cactère, que, s'il n'avait pas pu de temps à autre i lâcher la bonde, sa santé en aurait assuré-ent pâti; mais enfin, comme il y avait au onde, et à sa portée, des personnes qu'il savait solument hors d'état de lui nuire, il pouvait décharger quelquefois sur elles d'une mauvaise umeur longuement amassée, se donner le passe-mps d'être un peu bourru et de s'emporter ors de propos. De plus, c'était un rigide cenur de tous ceux qui ne l'imitaient pas dans sa ègle de conduite, mais seulement quand il pouait librement exercer sa critique sans crainte d'un danger même éloigné. Avec lui, le battu était, tout au moins, un imprudent, et l'homme ué toujours un brouillon. Reveniez-vous la tête fracassée pour avoir soutenu vos droits contre un homme puissant, don Abbondio savait toujours vous trouver quelques torts; et certes rien n'était plus facile, car le tort et le droit ne se divisent jamais dans un partage si absolu qu'il n'y en ait pas un peu de part et d'autre. Il s'emportait surtout contre ceux de ses confrères qui

embrassaient le parti du faible opprimé con
l'oppresseur puissant. C'était, selon lui, aché
à plaisir des soucis, c'était vouloir redresser
jambe à un chien boiteux. Pourquoi, ajouta
il d'un ton sévère, se mêler des choses de
monde, au détriment de la dignité du saint
nistère de l'église? Mais il avait soin de ne te
ce discours qu'entre quatre yeux, ou dans ι
cercle bien restreint, et avec d'autant plus
véhémence que les confrères qu'il attaquait étaie
moins soupçonnés d'écouter leur intérêt perso
nel. Il avait une sentence favorite qui était
conclusion de tous ses discours sur ces matières
c'est qu'un galant homme, qui ne pense qu'à lu
et qui se tient à sa placé, ne fait jamais de mau
vaises rencontres.

Je laisse à penser à mes lecteurs (et j'en espèr
bien vingt-cinq ou trente) quelle impression d
faire sur l'esprit du pauvre diable la rencontr
que je viens de dire. La frayeur que lui avaien
causée ces deux affreux visages et ces terrible
paroles; les menaces d'un seigneur renomm
pour n'avoir jamais menacé en vain; un sys
tème de vie douce et paisible, qui lui avait coût
tant d'années de soins et de patience, renvers
en un instant; un pas à franchir, si scabreux e
si difficile, un pas où il ne voyait point d'issu
possible : toutes ces pensées se pressaient et se
croisaient dans l'esprit de don Abbondio, qui
cheminait la tête basse. « S'il y avait moyen
« d'envoyer tranquillement Renzo se promener
« avec un *non* bien articulé, passe encore; mais

voudra des raisons, et, pour l'amour de Dieu,
u'aurai-je à lui répondre? C'est... c'est aussi
ne mauvaise tête que ce Renzo : un agneau si
ous le laissez en paix ; mais si on le contrarie...
h !... Et puis il perd la tête pour cette Lucia ;
en est amoureux fou... Maudite jeunesse, qui,
e sachant que faire, s'amourache par désœu-
vrement, ne rêve que mariage, et ne s'inquiète
as des embarras où elle jette un pauvre digne
omme! Malheureux que je suis! N'est-ce pas
ine fatalité que ces deux laides figures soient
venues se planter là, précisément sur mon
chemin, et s'adresser à moi? Qu'y puis-je, moi?
st-ce moi qui me veux marier? Que n'allaient-
ls plutôt parler à.... Mais, voyez donc! c'est
omme un sort que l'à-propos me vienne tou-
ours en tête après l'occasion passée. Si je m'é-
ais avisé tantôt de leur insinuer d'aller porter
eur message.... » Mais sur ce point il sentit
e se repentir de n'avoir pas été le conseiller
le complice d'une iniquité était chose aussi
trop inique; et il tourna toute sa colère
itre celui qui venait ainsi lui ravir son repos.
ne connaissait don Rodrigo que de vue et de
ommée ; il n'avait eu avec lui aucune espèce
rapport, si ce n'est d'abaisser le menton sur
poitrine, et la pointe de son chapeau jusqu'à
re, lorsqu'il l'avait rencontré en passant.
intes fois il lui était arrivé de défendre la ré-
tation de ce seigneur contre ceux qui, à voix
sse, en soupirant et les yeux levés vers le
el, maudissaient quelques unes de ses actions;

il avait dit cent fois que c'était un respectal
gentilhomme. Mais aujourd'hui il lui donnai
en son cœur, tous ces noms qu'il n'avait jam
ouï lui donner sans interrompre l'orateur p
un « Paix là ! » Dans ce désordre d'idées, il a
riva à la porte de son logis, qui était à l'entr
du village, passa en toute hâte dans la serru
la clef qu'il tenait d'avance à la main, ouvri
entra, referma vite, et, impatient de se trouv
en sûre compagnie : « Perpetua ! Perpetua !
cria-t-il aussitôt en s'approchant du salon
elle devait être à préparer le souper. Perpetu
l'on s'en aperçoit bien, était la gouvernante
don Abbondio; gouvernante affectionnée et i
dèle, qui savait obéir et commander selon l'occ
sion; essuyer aujourd'hui les boutades et l
fantaisies de son maître, pour lui faire essuy
demain les siennes, qui devenaient de jour e
jour plus fréquentes depuis qu'elle avait pas
l'âge canonique de quarante ans en restant fill
parce que, à l'en croire, elle avait refusé to
les partis qui s'étaient offerts, et parce que,
en croire ses bonnes amies, elle n'avait pas trouv
un chien qui voulût d'elle.

« J'y vais, » répondit Perpetua. Elle posa su
la table, à la place accoutumée, un petit flacon
du vin favori de don Abbondio, et se dirige
lentement vers lui. Mais elle n'avait pas encor

* En Italie le vin se sert dans une grande bouteille q
contient plusieurs pintes. C'est faute d'équivalent que no
avons traduit *fiasco* par flacon.

franchi le seuil, que le saint homme entra d'un pas si précipité, avec un regard si sombre, un visage si renversé, qu'un œil moins clairvoyant que celui de Perpetua aurait vu, au premier abord, qu'il lui était arrivé quelque chose de fort extraordinaire.

« Miséricorde! qu'avez-vous, mon cher maî-
« tre?

« — Rien, rien, » répondit don Abbondio en
« se laissant tomber tout haletant sur son siége.

« — Comment, rien! Croyez-vous m'en don-
« ner à garder! Troublé comme vous êtes! il
« vous est arrivé quelque malheur.

« — Oh! pour l'amour de Dieu!... quand je
« dis que ce n'est rien, ce n'est rien, ou c'est
« quelque chose que je ne puis dire.

« — Pas même à moi! Et qui veillera sur
« vous? qui vous donnera un conseil?...

« — Par pitié, taisez-vous! brisons là, et
donnez-moi un verre de vin.

« — Et vous me soutiendrez que vous n'avez
rien! » dit Perpetua. Elle remplit le verre et
e tint à deux mains, comme si elle n'eût voulu
e lui donner qu'au prix de la confidence qui se
faisait si long-temps attendre.

« Donnez, donnez, » dit don Abbondio. Il
rit aussitôt le verre d'une main tremblante, et
avala d'un trait, comme il eût fait d'une méde-
ine.

« Faudra-t-il donc que je sois obligée de courir
de côté et d'autre, et de demander à tout venant
pour savoir ce qui est arrivé à mon maître? »

dit Perpetua, debout devant lui, les poings sur
les hanches, les coudes en avant, et le regardant
fixement comme pour lui tirer des yeux son
secret.

« — Pour l'amour de Dieu ! point de bavar-
« deries, point de commérages ! Il y va..... il y
« va de ma vie.

« — De votre vie !

« — De ma vie.

« — Vous savez bien que, lorsque vous m'avez
« confié un secret, je n'ai jamais.....

« — Oui, en effet : témoin le jour..... »

Perpetua vit bien qu'elle avait touché une mauvaise corde, et, changeant aussitôt de batterie :
« Mon cher maître, » dit-elle d'une voix douce
et faite pour émouvoir, « je vous fus toujours dé-
« vouée de cœur ; si je désire en ce moment de
« savoir ce qui vous tourmente, c'est par intérêt,
« c'est parce que je voudrais pouvoir vous être de
« quelque secours, vous donner un conseil, vous
« tranquilliser l'esprit. »

Don Abbondio avait, au fond de l'âme, autant
d'envie de se décharger de son douloureux secret
que Perpetua en avait de l'apprendre. Après avoir
repoussé toujours plus mollement les assauts mul-
tipliés et toujours plus pressants de sa gouvernante, après lui avoir fait jurer cent fois qu'elle
ne jaserait pas, il se décida enfin à lui conter.
avec beaucoup de pauses et beaucoup d'hélas
son misérable cas. Quand il en vint au nom terrible du seigneur qui avait envoyé le message, i
fallut que Perpetua prêtât un nouveau sermen

plus solennel que les autres. Don Abbondio, ce
nom prononcé, se renversa sur le dos de son
siége, poussant un grand soupir, élevant les mains
dans une attitude qui était à la fois celle du commandement et de la prière, et disant : «Pour l'a-
« mour de Dieu!

« — Miséricorde! s'écria Perpetua. L'infâme!
« le scélérat! le mécréant!

« — Voulez-vous vous taire? ou voulez-vous
« achever de me perdre?

« — Nous sommes seuls; personne ne nous en-
« tend. Mais, mon pauvre maître, comment allez-
« vous faire?

« — Oh! voyez, » dit Abbondio avec une ironie mêlée d'emportement, «voyez les beaux con-
« seils qu'elle me donne! Elle me vient deman-
« der ce que je ferai, ce que je vais faire, comme
« si c'était elle qui fût dans l'embarras, et que je
« l'en dusse tirer.

« — J'aurais bien un pauvre petit conseil à
« vous donner; mais ensuite.....

« — Mais ensuite; voyons toujours.

« — Mon avis serait que, puisque tout le monde
« dit que notre archevêque est un saint, un
« homme de cœur, qui n'a pas peur de ces vilains
« museaux, et qu'il est enchanté de tenir tête à
« ces brigands-là quand il faut soutenir un curé;
« je dirais et je dis qu'il faudrait lui écrire une
« belle et bonne lettre pour l'informer comme
« quoi.....

« — Voulez-vous vous taire? voulez-vous vous
« taire? Sont-ce là des conseils à donner à un

« pauvre homme ? Quand j'aurai reçu une bonne
« balle dans le dos..., que le Ciel m'en préserve !
« l'archevêque me l'ôtera-t-il ?

« — Eh ! les balles ne s'envoient pas comme
« des prunes. Où en serions-nous si ces chiens-là
« mordaient chaque fois qu'ils aboient ! J'ai tou-
« jours vu, moi, que, lorsqu'on sait montrer les
« dents, et qu'on ne se laisse pas manger la laine
« sur le dos, on vous porte respect. Mais vous
« n'osez jamais rien dire, vous : aussi il faut voir
« comme tout le monde s'en vient, sauf votre
« respect, nous.....

« — Voulez-vous vous taire ?

« — Je me tais, monsieur. Mais il n'en est pas
« moins vrai que, lorsque le monde voit qu'un
« homme est disposé en toute rencontre à filer
« doux.....

« —Voulez-vous vous taire ? C'est bien le mo-
« ment de toutes ces bêtises !

« —Baste. Vous y penserez cette nuit; mais en at-
« tendant ne commencez pas par vous faire du mal,
« par ruiner votre santé. Mangez un morceau.

« — J'y penserai, » dit en grommelant don
Abbondio ; « assurément j'y penserai ; il y a de
« quoi y penser. » Puis il se leva. « Je ne veux
« rien prendre, rien : j'ai bien autre chose en
« tête. Je le sais aussi, moi, qu'il faut que j'y
« pense. Mais qu'une telle chose m'arrive préci-
« sément à moi !

« — Buvez au moins encore cette goutte, » dit
Perpetua en lui versant à boire. « Vous savez que
« cela vous remet toujours l'estomac.

« — C'est un autre baume qu'il me faut, un
« autre baume, un autre baume. »

En parlant ainsi il prit une lumière, et, toujours en grommelant : «Petite bagatelle !.... A un
« brave homme comme moi !.... Et demain
« qu'arrivera-t-il ? » et autres lamentations semblables. Il prit le chemin de sa chambre à cou-
cher. Arrivé à la porte, il s'arrêta un moment,
se retourna vers Perpetua, mit un doigt sur ses
lèvres, dit d'un ton lent et solennel, « Pour
« l'amour de Dieu ! » et disparut.

CHAPITRE II.

On raconte que le grand Condé dormit d'un sommeil profond la nuit qui précéda la journée de Rocroi. Mais d'abord le prince devait être passablement fatigué; ensuite il avait déjà pris toutes les précautions nécessaires et arrêté ce qu'il devait faire le matin. Don Abbondio, au contraire, ne savait rien autre chose, sinon que le lendemain serait le jour de la bataille : aussi dépensa-t-il une bonne partie de sa nuit en angoisses mortelles. Ne tenir compte ni de l'ordre que les brigands lui avaient donné, ni de leurs menaces, et passer outre à la célébration du mariage, c'était un parti qu'il ne voulait pas même mettre en délibération. Confier à Renzo ce qui se passait, et chercher avec lui quelque moyen.... Juste Dieu! « Que votre bouche ne « laisse pas échapper un mot...., sans quoi...., « *hem!* » avait dit un des *bravi;* et en sentant retentir dans son esprit ce terrible *hem!* don Abbondio ne se repentait pas seulement d'en avoir jasé avec Perpetua, mais encore d'avoir pu penser à enfreindre un tel ordre. Vaut-il mieux s'enfuir? Mais où? Et après, que de soins et que de comptes à rendre! A chaque

parti qu'il rejetait, le pauvre diable se tournait
sur l'autre côté. L'expédient qui lui parut le
meilleur, ce fut de gagner du temps en amusant
Renzo par des paroles. Il se souvint justement
qu'il ne s'en fallait que de quelques jours
pour arriver au temps où les mariages étaient
prohibés. « Et si je peux promener ce garçon pen-
« dant ce peu de jours, j'ai ensuite deux mois de-
« vant moi. Dans deux mois il peut arriver tant
« de choses ! » Il rumina dans sa tête quels prétex-
tes il pourrait mettre en avant, et bien qu'ils lui
semblassent tous un peu légers, il s'allait rassu-
rant par cette idée que le caractère dont il était
revêtu les ferait paraître d'un plus grand poids,
et que sa longue expérience lui donnerait un
grand avantage sur un jeune novice. « Nous ver-
« rons, se disait-il. Il pense à sa maîtresse ; mais
« moi je pense à ma peau. Le plus intéressé des
« deux, c'est moi ; sans compter que je suis le plus
« prudent. Mon cher enfant, si tu brûles d'une ar-
« deur amoureuse, je ne sais que t'en dire ; mais
« je ne veux pas m'aller fourrer au milieu. » Son
esprit s'étant un peu remis par la détermination
qu'il venait de prendre, il put enfin fermer l'œil.
Mais quel sommeil ! quels songes ! Il ne vit que
bravi, don Rodrigo, Renzo, viols, enlèvements,
fuites, poursuites, cris, mousquetades.

Le premier réveil qui suit une peine qu'on n'a
pas encore pu surmonter est un moment bien
amer. L'esprit à peine remis veut reprendre le
cours des idées de la vie ordinaire et tranquille ;
mais le songer d'un nouvel état de choses les

chasse toutes, en fait naître de nouvelles, et ce
rapide parallèle rend le déplaisir plus cruel. Ce
douloureux moment passé, don Abbondio réca-
pitula tout ce qu'il avait projeté pendant la nuit,
se confirma dans ses desseins, les arrangea dans
un meilleur ordre, se leva du lit, et se mit à attendre Renzo, non pas sans quelque crainte et
quelquefois avec un peu d'impatience.

Lorenzo, ou plutôt, comme on le nommait communément, Renzo, ne se fit pas long-
temps attendre. A peine l'heure fut - elle arrivée où il crut pouvoir se présenter sans trop
d'indiscrétion chez le curé, qu'il y alla avec la
joyeuse hâte d'un homme de vingt ans qui
doit en ce jour épouser celle qu'il aime. Or-
phelin dès sa plus tendre enfance, Renzo exerçait le métier de fileur de soie, métier pour ainsi
dire héréditaire dans sa famille, très lucra-
tif autrefois, déjà dès lors en décadence, mais
pas toutefois jusque là qu'un habile ouvrier
ne pût y gagner de quoi vivre honnêtement. Le
travail allait diminuant de jour en jour; mais
l'émigration constante des ouvriers, attirés dans
les états voisins par les promesses, les priviléges
et l'appât de forts salaires, faisait que ceux qui
restaient dans le pays n'en manquaient pas encore. Renzo possédait en outre un petit héritage
qu'il faisait cultiver, et qu'il cultivait lui-même
dans la saison où il n'était pas occupé à sa fila-
ture, en sorte que sa condition était assez
douce; et bien que cette année fût plus mauvaise
encore que les années précédentes, bien que

l'on commençât à éprouver une véritable disette, lui cependant, qui, dès qu'il avait jeté les
yeux sur Lucia, était devenu ménager, se trouvait passablement de ressources, et n'avait pas
à courir après son pain. Il se présenta devant
Abbondio, en grand costume, le chapeau orné
de plumes de diverses couleurs, son poignard au
beau manche dans la poche de ses braies, avec
un certain air de fête et en même temps de
fierté commun alors aux hommes les plus pai-
sibles. L'accueil contraint et mystérieux de don
Abbondio fit un contraste singulier avec les
manières ouvertes et décidées du jeune homme.

« Il faut qu'il ait quelque chose qui l'occupe, »
pensa Renzo. Puis : « Je suis venu, seigneur curé,
« dit-il, afin de prendre votre heure pour nous
« rendre à l'église.

« — Pour quel jour ?

« — Comment, pour quel jour ? Ne vous souvient-il pas que c'est aujourd'hui le jour fixé ?

« — Aujourd'hui ? » répondit don Abbondio
comme s'il en avait ouï parler pour la première fois; « aujourd'hui....., aujourd'hui.....
« Ayez patience; mais pour aujourd'hui je ne
« saurais.

« — Aujourd'hui vous ne sauriez ! Qu'est-il
« donc survenu ?

« — D'abord je ne me sens pas bien, voyez-
« vous.

« — J'en suis bien fâché, seigneur curé. Mais
« ce que vous avez à faire demande si peu de
« temps et si peu de fatigue !

2*

« — Et puis, et puis, et puis....

« — Et puis quoi donc ?

« — Et puis, il y a des difficultés, de l'em-
« brouillamini dans votre affaire.

« — De l'embrouillamini ! quel embrouilla-
« mini peut-il y avoir ?

« — Il faudrait être dans nos chausses pou
« savoir combien il y a d'embarras dans ces
« sortes de matières, et quels comptes nous avons
« à en rendre. Je suis trop bon ; je ne pense qu'à
« lever les obstacles, à tout faciliter, à faire tout
« ce qui peut plaire à mes ouailles ; et j'oublie
« mon devoir, et puis on m'accable de repro-
« ches, et quelque chose de pire encore.

« — Mais, au nom du Ciel, ne me tenez pas
« ainsi sur les épines. Dites-moi ce qu'il en est.

« — Savez-vous, vous qui parlez, combien
« et combien il faut remplir de formalités pour
« faire un mariage en règle ?

« — Il faut bien que j'en sache quelque chose, »
dit Renzo en commençant à se troubler, « puis-
« que vous m'en avez déjà passablement rompu
« la tête ces jours derniers. Mais maintenant
« tout n'est-il pas fini ? n'a-t-on pas fait tout
« ce qu'on devait faire ?

« — Tout, tout...., cela vous semble. Parce
« que.... Ayez donc patience.... C'est moi qui
« suis une bête, moi qui mets toujours mon de-
« voir de côté de peur de faire de la peine aux gens.
« Mais maintenant.... Suffit ! je sais ce que je
« dis. Nous autres, pauvres curés, nous sommes
« entre l'enclume et le marteau. Vous êtes im-

« pétueux ; je vous prends en compassion, pau-
« vre jeune homme ; et mes supérieurs.... Suffit !
« on ne peut pas tout dire ; et c'est sur nous que
« tout retombe.

« — Mais expliquez-moi donc une fois ce dont
« il s'agit, et quelle formalité il reste à remplir,
« comme vous dites : on la remplira sur-le-
« champ.

« — Savez-vous, vous qui parlez, combien il
« y a d'empêchements dirimants ?

« — Que diable voulez-vous que j'entende à
« vos empêchements ?

« — *Error, conditio, votum, cognatio, crimen,*
  Cultûs disparitas, vis, ordo....
  Si sis affinis....

« — Le seigneur curé se moque-t-il de moi ?
« que veut-il que je fasse de son *latinus ?*

« — Puis donc que vous ne savez pas les
« choses, ayez patience, et remettez-vous-en à
« qui les sait.

« — A la fin !...

« — Allons, mon cher Renzo, ne nous fâ-
« chons pas. Je suis prêt à faire.... tout ce qui
« dépendra de moi. Je voudrais vous voir con-
« tent, moi ; je vous veux du bien, moi.... Eh !...
« quand je pense que vous étiez si bien garçon !
« Que vous manquait-il ? Il vous a pris tout à
« coup une rage de vous marier....

« — Quels discours sont ceux-là, monsieur ! »
reprit brusquement Renzo, d'un air entre l'étonnement et la colère.

« — Je parle pour parler, ayez patience ; je parle

« pour parler. Je voudrais vous voir satisfait.

« — Bref....

« — Bref, mon cher enfant, en ceci ce n'est
« pas ma faute. Je n'ai pas fait la loi, moi ; et,
« avant de conclure un mariage, nous sommes
« rigoureusement tenus de faire beaucoup et
« beaucoup de recherches pour nous assurer
« qu'il n'y a point d'empêchements.

« — Morbleu ! me direz-vous une fois quel
« empêchement est survenu ?

« — Ayez patience. Ce sont des choses qu'on
« ne peut pas dire ainsi sur le bout du doigt.
« Ce ne sera rien, je l'espère ; mais nous
« ne sommes pas dispensés pour cela de faire
« ces recherches. Le texte est clair et lam-
« pant : *Antequam matrimonium denunciet*.....

« — Je vous ai dit que je ne voulais pas de
« votre latin.

« — Il faut bien cependant que je vous expli-
« que....

« — Mais ne les avez-vous pas déjà faites, ces
« recherches ?

« — Pas toutes, ainsi que je l'aurais dû, vous
« dis-je ?

« — Pourquoi ne les avoir pas faites dans le
« temps ? pourquoi me venir dire que tout était
« fini ? pourquoi attendre ?...

« — Ah ! voilà !... Vous me reprochez mon
« trop de bonté. J'ai tout abrégé pour vous obli-
« ger plus promptement. Mais.... mais mainte-
« nant il m'est survenu.... Suffit ! je le sais,
« moi.

« — Et que voudriez-vous que je fisse ?

« — Que vous prissiez patience pour quelques jours. Mon cher enfant, quelques jours ne sont pas, puis, l'éternité. Ayez patience.

« — Pour combien de temps ?

« — Nous sommes sauvés, » pensa don Abbonio. Et, d'un air plus caressant que jamais : Courage ! dit-il; dans quinze jours je tâcherai de faire....

« — Quinze jours ! celle-là est bonne ! On a fait tout ce que vous avez souhaité ; on a fixé « le jour : le jour arrive, et maintenant vous me « venez dire d'attendre quinze jours. Quinze.... » eprit-il ensuite d'une voix plus haute et plus mue, en tendant le bras et en frappant l'air de on poing. Et qui sait dans quelle fureur l'auait mis ce nombre fatal, si don Abbondio ne 'avait interrompu en lui prenant la main vec une douceur toute caressante et toute ateline : « Allons, allons ! ne vous mettez pas en colère, pour l'amour de Dieu ! Je verrai, « je tâcherai que dans une semaine....

« — Et que dirai-je à Lucia ?

« — Que tout manque par une bévue que j'ai « faite.

« — Et les propos du monde ?

« — Dites toujours que c'est moi qui ai fait « une sottise par mon trop d'empressement, par « mon trop de bonté. Mettez toute la faute sur « mon dos. Là, peut-on mieux dire ? Courage ! « pour une semaine.

« — Et puis il n'y aura plus d'autre empêch
« ment !

« — Quand je vous dis....

« — Eh bien, je patienterai, encore une se
« maine ; mais rappelez-vous bien que, ce tem
« passé, je ne me paierai plus de sornettes. »
Cela dit, il s'en alla en faisant à don Abbondi
un salut moins profond que de coutume, et e
lui lançant un coup d'œil plus expressif que res
pectueux.

Arrivé dans la rue, et tandis qu'il s'achemi
nait, demi-fâché et l'esprit chagrin, vers le logi
de sa fiancée, il repassait dans sa tête la conver
sation qu'il venait d'avoir avec le curé, et il l
trouvait toujours plus étrange. L'accueil froid e
embarrassé de don Abbondio, son parler si lent
à la fois et si impatient ; ses deux yeux gris qui
pendant qu'il discourait, erraient çà et là comm
s'il avait craint de mettre ses regards en har
monie avec ses paroles ; cette affectation d'ap
prendre comme une nouvelle un mariage concl
et arrêté depuis si long-temps ; et surtout cett
obstination de mettre toujours en avant quelqu
grand obstacle en ne disant jamais rien de clair,
toutes ces circonstances combinées donnaient
penser à Renzo qu'il y avait là-dessous un tout
autre mystère que celui que don Abbondio avai
allégué. Il s'arrêta, et il était sur le point de re
tourner sur ses pas, pour forcer le curé dans ses
derniers retranchements, et pour en tirer des
explications plus nettes, lorsqu'il vit Perpetua
qui marchait devant lui, et entrait dans un petit

jardin peu distant du presbytère. Il l'appela au moment où elle en ouvrait la porte, doubla le pas, la joignit, la retint sur le seuil, et, dans le dessein de découvrir quelque chose de plus positif, s'arrêta pour discourir avec elle.

« Bonjour, Perpetua. J'espérais qu'aujourd'hui « nous serions tous contents.

« — A la volonté de Dieu, mon pauvre Renzo.

« — Faites-moi un plaisir. Le seigneur curé « m'a débité un tas de choses que je n'ai pu com- « prendre. Expliquez-moi plus clairement pour- « quoi il ne peut ou ne veut pas nous marier au- « jourd'hui.

« — Oh! vous croyez peut-être que je sais les « secrets de mon maître!

« — Je le disais bien, qu'il y avait du mystère « là-dessous, » pensa Renzo; et, pour s'en éclair- « cir, il poursuivit : « Allons, Perpetua, traitez- « moi en ami; dites-moi ce que vous savez; soyez « en aide à un pauvre enfant.

« — C'est une mauvaise chose que de naître « pauvre, mon cher Renzo.

« — C'est vrai, » répondit celui-ci, se confir- mant de plus en plus dans ses soupçons, et tâ- chant d'aborder directement la question ; « c'est « vrai. Mais convient-il aux prêtres de se mal « comporter avec les pauvres gens?

« — Voyez-vous, Renzo, je ne vous peux rien « dire, parce que... je ne sais rien; mais ce dont « je vous peux assurer, c'est que mon maître ne « veut faire tort ni à vous ni à personne au « monde. En ceci ce n'est pas sa faute.

« — Et de qui donc ? » demanda Renzo d'u
air indifférent, mais palpitant et l'oreille atten
tive.

« — Quand je vous dis que je ne sais rien....
« Je peux parler pour justifier mon maître
« parce que je souffre de voir qu'on saisisse cett
« occasion pour l'accuser de faire de la peine
« quelqu'un. Pauvre homme ! s'il pèche, c'es
« par trop de bonté. Mais il y a bien assez dan
« ce monde de scélérats, de *prepotenti,* d'homme
« sans crainte de Dieu.....

« — Des *prepotenti !* des scélérats ! » pensa Ren
zo : « ce ne sont donc pas ses supérieurs. Allons, ›
dit - il ensuite en s'efforçant de lui cacher so
agitation toujours croissante, « nommez-le moi

« — Ah ! vous voudriez me faire parler ! Je n
« le puis, parce que... je ne sais rien. Quand j
« ne sais rien, c'est comme si j'avais juré d
« me taire. Vous pourriez me donner la baston
« nade que vous ne tireriez pas de moi une seul
« parole. Adieu : c'est du temps perdu pour tou
« deux. » Cela dit, elle entra précipitamment
dans le jardin et ferma la porte sur elle. Renzo,
lui ayant tiré sa révérence, retourna sur ses pas
doucement, doucement, de peur qu'à ce bruit
Perpetua ne s'avisât du chemin qu'il prenait ;
mais quand il fut hors de la portée de l'ouïe de
la bonne femme, il doubla le pas. En un moment
il fut à la porte de don Abbondio. Il entra, courut droit au salon où il l'avait laissé, l'y trouva,
et marcha sur lui les yeux hors la tête.

«Eh ! eh !... Qu'est-ce ceci ? » dit Abbondio.

« — Quel est ce *prepotente?* » dit Renzo du ton
'un homme qui veut obtenir une réponse caté-
orique, « quel est ce *prepotente* qui ne veut pas
ue j'épouse Lucia?

« — Qui?..... qui?..... qui?..... » balbutia le
auvre curé tout surpris, avec un visage devenu
n un instant plus blanc qu'un linge qui sort à
'heure même de la lessive. Tout en balbutiant,
l se leva de son siége pour ne faire qu'un saut
ers la porte; mais Renzo, qui s'était attendu à
e mouvement et s'y tenait préparé, s'y précipita
vant lui, la ferma et mit la clef dans sa poche.

« Ah! ah! vous parlerez maintenant, seigneur curé. Tout le monde, hors moi, sait mes
affaires; je veux aussi, par Bacchus *, les savoir, moi. Comment se nomme cet homme?

« — Renzo! Renzo! par pitié, prenez garde à
ce que vous faites. Pensez à votre salut.

« — Je pense que je le veux savoir tout de
suite, à l'instant même. » Et en parlant ainsi
l mit, peut-être sans le vouloir, la main sur le
anche du couteau qui sortait de sa poche.

« —Miséricorde! » s'écria don Abbondio d'une
voix mourante.

« — Je le veux savoir.

---

* *Per Bacco.* Il est peut-être un peu singulier de voir un
hrétien jurer par Bacchus; on en verra bientôt un autre ju-
r par la chaste sœur d'Appollon : mais que les partisans
es anciennes doctrines littéraires ne prennent point avan-
ge de ces jurons classiques; ils sont vrais, parce qu'ils sont
ans les mœurs et dans la langue.

« — Qui vous a dit ?.....

« — Non, non ; plus de détours. Parlez clair
« ment et vite.

« — Mais je suis mort si je parle. Ma vie ı
« doit-elle pas m'intéresser ?

« — Parle donc. »

Ce *donc* fut prononcé avec une telle énergi
l'air de Renzo devint si menaçant, que don A
bondio ne put plus éviter d'obéir.

« — Mais vous me promettez , vous me jurez
« dit-il alors, de n'en parler à personne, de n
« jamais dire....

« — Je vous promets que je ferai quelque ma
« heur si vous ne me dites pas son nom sur-le
« champ. »

A cette nouvelle menace, don Abbondio, ave
le visage et le regard du patient qu'un dentist
travaille avec ses tenailles, dit d'une voix faible
« Don.....

« — Don ? » répéta Renzo comme pour aide
le malheureux curé à dire le reste ; et il se tenai
courbé , l'oreille sur la bouche d'Abbondio, le
bras tendus et les poings fermés.

« — Don Rodrigo ! » se hâta de dire don Abbon
dio, laissant tomber à la hâte quelques mot
dont il dévorait la moitié, partie à cause de soı
trouble, partie parce qu'en employant le peu d
liberté d'esprit qui lui restait à faire une trans
action entre ses deux frayeurs, il aurait voul
pouvoir avaler sa langue à l'instant même où i
était contraint de donner passage à ses paroles.

« — Ah chien ! cria Renzo. Et comment avez-

vous fait? Que lui avez-vous dit, pour........
« — Comment donc? Qu'est ceci? » répondit
un air presque courroucé don Abbondio, qui,
puis un si grand sacrifice, se regardait en quelque sorte comme le créancier du jeune homme.
Comment donc? J'aurais voulu que la rencontre vous fût échue au lieu de m'échoir, à moi
qui ne suis pour rien dans ceci. Assurément il
ne vous serait pas resté tant de chaleur au cer-
veau. » Et là il se mit à dépeindre avec des
couleurs terribles le fatal événement. Puis, s'é-
vant par degrés jusqu'à la colère, que la peur
ui avait fait rentrer au corps, et voyant surtout
ue Renzo, demi-furieux, demi-confus, restait
mmobile, la tête baissée, il continua vivement :
Vous avez fait une belle chose! De telles violences envers un galant homme! à votre curé!
dans sa propre maison! dans ce saint asyle! Et
pourquoi? pour tirer de ma bouche et ma perte
et la vôtre! tout ce que je vous taisais par pru-
« dence et pour votre bien! Et maintenant que
vous savez tout, vous me..... Je voudrais bien
voir que vous me fissiez.... Ne badinons pas. Il
« ne s'agit pas de voir si vous avez tort ou raison :
« il s'agit de violences commises. Et quand ce ma-
« tin je vous donnais un bon conseil... pouhh!...
« vous entrez aussitôt en fureur. J'avais du juge-
« ment pour nous deux..... Mais d'où vient?.....
« Ouvrez au moins; donnez-moi la clé.

« — Je puis avoir tort, » répondit Renzo d'un
ton plus radouci envers Abbondio, mais où perçait la fureur contre l'ennemi qu'il venait de dé-

couvrir ; « je puis avoir tort ; mais mettez la m
« sur la conscience, et dites si, à ma place...»

En parlant ainsi, il avait tiré la clé de sa p
che, et il allait ouvrir. Don Abbondio le reti
par l'habit, et tandis que Renzo tournait la
dans la serrure, il se mit côte à côte, et, d'un
plein d'anxiétude, levant les trois premiers doi
de la main droite, comme pour l'aider à s
tour : « Jurez au moins, » lui dit-il....

« — Je peux avoir tort ; pardonnez-moi, » r
pondit Renzo en ouvrant la porte, et en se di
posant à sortir.

« — Jurez... » dit don Abbondio, en lui pr
nant le bras d'une main mal assurée.

« — Je puis avoir tort », répéta Renzo en se d
gageant, et il partit furieux, tranchant ainsi
question, qui aurait pu, à l'égal d'une questio
de littérature, de philosophie, etc., durer si
siècles, puisque chacun ne faisait que redire so
propre argument.

« Perpetua ! Perpetua ! » s'écria don Abbondi
après avoir vainement rappelé le fugitif. Perp
tua ne répondit pas, et le pauvre don Abbondi
ne savait plus où il en était.

Il est arrivé plus d'une fois à des personnag
bien autrement importants que don Abbondi
de se trouver dans des pas aussi difficiles, et
embarrassés de prendre un parti, que se mettr
au lit avec la fièvre leur semblait un moye
excellent. Ce moyen, don Abbondio n'eut pa
besoin de le chercher long-temps, car il s'offri
d'abord à lui. La frayeur de la veille, les an

sses d'une nuit sans sommeil, la peur qu'il
ait d'éprouver, l'incertitude de l'avenir, fi-
t leur effet. Étourdi, et tout tremblant, il se
a sur son siége ; un frisson mortel courait dans
veines ; il regardait, en soupirant, ses on-
s, et s'écriait de temps à autre d'une voix
urante : « Perpetua ! » Celle-ci arriva enfin,
énorme chou sous le bras, et l'air tranquille,
imme si de rien n'était. Je fais grâce au lecteur
ès lamentations, des plaintes, des accusations,
es justifications, des « C'est vous seule qui ayez
u parler, » des « Je n'ai rien dit, » enfin de
iut ce long bavardage. Il suffira de dire que don
bbondio enjoignit à Perpetua de bien barrica-
r la porte, de ne plus mettre le pied dehors,
., si l'on venait à heurter, de répondre de la
être que le curé s'était mis au lit avec la fiè-
e. Il monta lentement l'escalier en disant de
'ois en trois marches, « Est-ce fait ? » et il se
ucha dans son lit, où nous le laisserons.
Cependant Renzo cheminait à pas pressés vers
on gîte, sans avoir encore arrêté ce qu'il devait
ire, mais avec la secrète envie de faire quelque
ose d'étrange et de terrible. Les méchants,
s provocateurs, tous ceux enfin qui font état
nuire, sont coupables non seulement du mal
'ils commettent, mais encore des actions ex-
êmes où ils poussent les gens qu'ils ont attaqués.
enzo était un jeune homme doux, et ennemi du
ng, un jeune homme franc et simple, qui
ait horreur de toute espèce d'embûches ; mais
aintenant il ne respire que vengeance et tra-

hison, il ne rêve qu'homicide. Il veut d'abc
courir chez don Rodrigo, le saisir à la gor;
et.... Mais il se souvient que son château, hab
par un grand nombre de *bravi*, est gardé au
hors comme une citadelle; les gens de la m;
son et les amis bien connus peuvent seuls y entr
librement sans être fouillés de la tête aux pie
Un pauvre ouvrier, inconnu comme lui, i
pourra pas pénétrer sans subir un long exame
et lui, d'ailleurs, lui surtout, ne serait peut-éi
que trop tôt reconnu. Il forme alors le projet
prendre son arquebuse, de s'embusquer derriè
une haie, et d'attendre là que son ennemi vien
par hasard à passer seul et sans escorte. Tanc
qu'il se complaît dans ce projet sanguinaire, s
imagination travaille; il tressaille comme ;
bruit des pas de don Rodrigo; il croit se vo
soulevant doucement la tête; il reconnaît le sc
lérat, il saisit son arquebuse, l'ajuste, fait fei
le voit tomber et rendre l'âme, lui lance en co
rant une dernière malédiction, et prend la rou
de la frontière pour se mettre à l'abri des pou
suites. — Mais Lucia? — A peine ce nom vint-s
se jeter au travers de ses noires pensées, qu
Renzo revint à de meilleurs sentiments. Il se so
vint des dernières recommandations de ses pa
rents, il se souvint de Dieu, de la Vierge et d
saints; il pensa au plaisir qu'il avait si souve
éprouvé d'être sans reproches, à l'horreur q
lui avait toujours inspirée la nouvelle d'une as
sassinat, et il se réveilla de ce songe de sang
l'épouvante et le remords dans l'âme, mais tou

ois avec une secrète joie d'avoir pris l'imagi-
tion pour la réalité. Mais, au songer de Lucia ,
e d'idées se pressaient dans sa tête ! Tant d'es-
rances déçues, tant de promesses, un avenir dé-
é si ardemment ; et qui paraissait si assuré jus-
'à ce jour, qu'il appelait de tous ses vœux ! Où
rouver des paroles pour lui annoncer une telle
ouvelle ? Ensuite, quel parti prendre ? « Comment la faire mon épouse au mépris de ce qu'o-
sera cet injuste seigneur. » Au milieu de tant
l'anxiétudes, il lui venait en tête, non un soup-
on arrêté, mais je ne sais quelle inquiétude ja-
ouse. Don Rodrigo ne pouvait avoir ourdi cette
nfernale trame que mû par une passion brutale
qu'il ressentait pour Lucia. Et Lucia ? Qu'elle y
eût jamais répondu, qu'elle lui eût donné la
moindre lueur d'espérance, c'était une idée à
laquelle Renzo ne pouvait s'arrêter un seul moment. Mais en était-elle informée ? Cet homme
avait-il pu concevoir cette infâme passion sans
qu'elle s'en avisât ? Aurait-il poussé si loin les choses avant d'avoir essayé de la séduire de quelque
manière ? « Et Lucia ne m'en a jamais rien dit, à
« moi, son fiancé ! »

Absorbé dans ces idées, il passa sans s'arrêter
devant sa maison, qui était située au milieu du
village ; et, l'ayant traversé, il arriva à celle de
Lucia , à l'extrémité opposée. Devant cette
maison était une petite cour close de murs qui
la séparait de la rue. Renzo y entra, et il entendit un bourdonnement confus et continuel
qui partait d'un étage supérieur. Il pensa que

c'étaient les amies et les commères du voisinage q
étaient venues pour servir de cortége à Lucia,
il s'arrêta, peu soucieux de se trouver en tel
compagnie avec le visage renversé et la nou
velle qu'il avait à donner. Une petite fille q
se trouvait dans la cour vint à lui en criant
« Le marié ! le marié ! »

« — Paix, Bettina, paix là ! Viens ici, m
« petite. Monte chez Lucia, tire-la à part, e
« dis-lui à l'oreille....., mais que personne n
« l'entende ni ne s'en doute, vois-tu....; dis-lu
« que j'ai à lui parler, que je l'attends dans l
« salle du rez-de-chaussée, et qu'elle vienne sur
« le-champ. » La petite fille monta l'escalier e
toute hâte, joyeuse et fière d'avoir à porter u
message secret.

Lucia sortait en ce moment, toute parée de
mains de sa mère. Les bonnes amies se disputaient à qui aurait l'épousée, et elles lui fai
saient presque violence pour qu'elle se laissâ
examiner de la tête aux pieds. Celle-ci se défen
dait avec la modestie un peu grossière des paysannes, défendant son visage avec son coude, et
le cachant dans son sein, fronçant ses longs et
noirs sourcils, tandis que sa bouche s'ouvrait
pour sourire. Ses noirs cheveux, que divisait au-
dessus du front une raie blanche et déliée, se
rassemblaient derrière sa tête en mille tresses
ondoyantes, traversées par de longues aiguilles
d'argent qui s'arrondissaient en cercle comme
les rayons d'une auréole, mode encore en usage
aujourd'hui chez les paysannes du Milanais. Un

collier de grenat, alterné avec des boutons d'or
à filigrane, serrait son cou ; elle portait un beau
corset de brocard à ramages, avec les manches
séparées et liées par de beaux rubans ; un court
jupon de bourre de soie à plis épais et très petits,
deux bas rouges et deux souliers de soie à broderie. C'était la parure particulière aux jours
de noces ; mais Lucia avait en outre sa parure
de tous les jours, une beauté modeste, que rele-
vaient et accroissaient encore les sentiments divers qui se peignaient sur son visage ; une joie
tempérée par une légère agitation, cette douce
inquiétude qui se montre à chaque instant sur le
visage des nouvelles épouses, et, sans nuire à la
beauté, lui donne un caractère particulier. La
petite Bettina fendit la foule des commères, s'approcha de Lucia, lui fit entendre finement
qu'elle avait quelque chose à lui communiquer,
et lui dit son message à l'oreille. « Je vais et je
« reviens, » dit Lucia aux femmes qui l'entou-
raient ; et elle descendit en hâte. A voir l'air
défait et la tournure inquiète de Renzo, «Qu'est-
« il donc arrivé ? » dit-elle, non sans quelque
pressentiment de terreur.

« — Lucia, répondit Renzo, pour aujourd'hui
« tout est à vau-l'eau ; et Dieu sait quand nous
« pourrons être mari et femme !

« — Quoi ! » dit Lucia toute troublée. Renzo
lui raconta en peu de mots l'histoire de la matinée. Elle l'écoutait, en proie à de vives angoisses ; et quand elle entendit le nom de don Ro-

drigo, « Ah! » s'écria-t-elle, tremblant et rougissant. « Quoi, jusque là!

« — Vous saviez donc?....

« — Que trop!..... Mais jusque là!

« — Que saviez-vous?

« — Ne me faites pas parler maintenant, ne
« me faites pas pleurer. Je cours chercher ma
« mère et congédier ces dames. Il faut que nous
« soyons seuls.

Comme elle partait, Renzo murmura tout
bas : « Vous ne m'en avez jamais rien dit. »

« — Ah! Renzo! » répondit Lucia en se tournant un moment vers lui, mais sans s'arrêter.
Renzo comprit très bien que son nom prononcé
par Lucia dans un tel moment et avec un tel
accent voulait dire : « Pouvez-vous douter que
« les motifs les plus justes et les plus purs
« ne m'aient forcée de garder le silence? »

La bonne Agnese (c'est le nom de la mère de
Lucia), dont ce peu de paroles dites à l'oreille et
le départ de sa fille avaient excité l'inquiétude
et la curiosité, était descendue pour savoir ce
qui était advenu. Lucia la laissa avec Renzo;
elle retourna vers les femmes assemblées, et
composant du mieux qu'elle put son visage et
sa voix, elle dit : « Le seigneur curé est ma-
« lade; aujourd'hui rien ne se fera. » Cela
dit, elle les salua en toute hâte, et redescendit.

Les commères partirent et tirèrent chacune
de son côté pour raconter l'accident et s'assurer

si don Abbondio était vraiment malade. Le fait, se trouvant vrai, dérangea toutes les conjectures qui commençaient à germer dans leur cervelle, et qu'elles racontaient à leur guise d'un air de mystère.

CHAPITRE III.

Lucia entra dans la salle du rez-de-chaussée, où Renzo, en proie à de vives alarmes, racontait tout à Agnese, qui l'écoutait avec une inquiétude mortelle. Ils se tournèrent tous deux vers celle qui en savait plus qu'eux, et dont ils attendaient un éclaircissement qui ne pouvait qu'être pénible. Tous deux laissaient percer à travers leur douleur et l'amour qu'ils portaient à Lucia, celle-ci comme mère, celui-là comme amant, une espèce d'air de blâme pour le silence qu'elle avait gardé jusqu'à ce jour sur un événement de cette importance. Agnese, bien qu'elle fût impatiente d'entendre parler sa fille, ne put retenir un reproche : « Ne pas confier une telle « chose à ta mère !

« — Maintenant je vous dirai tout, » répondit Lucia en essuyant ses yeux avec son tablier.

« — Parle, parle ! — Parlez, parlez ! » crièrent à la fois la mère et le fiancé.

« — Sainte Vierge, s'écria Lucia, qui aurait « cru que les choses pussent aller jusque là ! » Et, avec une voix entrecoupée par les sanglots, elle raconta comment, peu de jours auparavant,

tandis qu'elle revenait de sa journée, et qu'elle
était restée en arrière de ses compagnes, don
Rodrigo avait passé devant elle, accompagné
d'un autre seigneur; qu'il avait cherché d'abord
à l'amuser par des sornettes pas trop belles, ainsi
qu'elle disait; mais qu'elle, sans l'écouter, avait
doublé le pas et rejoint ses compagnes; qu'elle
avait entendu l'autre seigneur partir d'un grand
éclat de rire, et don Rodrigo dire : « J'en fais
le pari. » Le jour suivant ils s'étaient trouvés
tous deux encore dans le sentier; mais Lucia
était restée au milieu des champs, tenant les
yeux baissés. L'autre seigneur ricanait, et don
Rodrigo lui disait, « Nous verrons, nous ver-
« rons. » Par bonheur, poursuivit Lucia, ce jour
était le dernier où l'on filait la soie. Je racontai
aussitôt....

« — A qui l'as-tu raconté ? » demanda Agnese,
brûlant de savoir, mais non sans un peu de colère, le nom du confident privilégié.

« — Au père Cristoforo, en confession, ma-
« man, » répondit Lucia avec un divin accent
d'excuse. « Je lui racontai tout la dernière fois
« que nous allâmes ensemble à l'église du cou-
« vent. Et, si vous voulez vous le rappeler, ce ma-
« tin-là j'allais faisant tantôt ceci, tantôt cela,
« pour gagner du temps, jusqu'à ce qu'il passât
« d'autres gens du pays qui fissent cette route,
« afin de passer en leur compagnie par le sentier,
« parce que depuis cette rencontre les sentiers me
« font une si grande peur..... »

Au nom respecté du père Cristoforo, le cour-

roux d'Agnese s'apaisa. « Tu as bien fait, dit-
« elle; mais pourquoi ne pas tout confier aussi à
« ta mère? »

Lucia avait eu deux bonnes raisons : d'abord
elle aurait craint d'effrayer et d'affliger la bonne
femme par une affaire où elle ne pouvait trouver aucun remède ; ensuite elle ne voulait pas
courir le risque de voir voler de bouche en bouche une histoire qu'elle désirait d'ensevelir pour
toujours dans son sein; d'autant mieux que Lucia espérait que son mariage mettrait fin pour
quelque temps à cette abominable persécution.
De ces deux raisons elle n'allégua que la première.

« Et à vous, » dit-elle ensuite en s'adressant à
Renzo, de ce ton qui veut faire reconnaître à un
ami qu'il a eu tort; « devais-je aussi vous en par-
« ler? Vous ne le savez que trop maintenant.

« — Et que t'a dit le bon père, » demanda
Agnese.

« — Il m'a conseillé de presser autant que pos-
« sible mon mariage, jusque là de me tenir ren-
« fermée et de prier le bon Dieu. Il espérait que
« cet homme, ne me voyant plus, ne penserait
« plus à moi. C'est alors que je me fis violence, »
poursuivit-elle en se tournant de nouveau vers
Renzo, sans oser lever les yeux et la rougeur sur
le front; « c'est alors que, laissant la pudeur de
« côté, je vous priai de hâter notre mariage et
« de le conclure avant le temps fixé. Qui sait ce
« que vous aurez pensé de moi ! Mais je le faisais
« dans de bonnes intentions, pour me conformer
« à l'avis que j'avais reçu, et je tenais pour cer-

« tain..... Ce matin j'étais si loin de penser..... »
Et ici un déluge de larmes étouffa sa voix.

« — Ah scélérat! ah maudit! assassin! » criait
Renzo courant çà et là dans la chambre, et serrant le manche de son couteau.

« — Oh! quelle machination, juste Dieu, »
s'écriait Agnese. Le jeune homme s'arrêta tout
à coup devant Lucia qui pleurait; il la regarda
avec une tendresse empressée où perçait la rage,
et il dit : « C'est la dernière qu'aura faite cet as-
« sassin!

« — Oh! non, Renzo, pour l'amour de Dieu!
« cria Lucia. Non, non, pour l'amour de Dieu!
« Dieu est encore pour le pauvre monde; et com-
« ment voulez-vous qu'il vienne à notre aide, si
« nous faisons du mal.

« — Non, non, pour l'amour du Ciel! » ré-
pétait Agnese. « Renzo, » dit Lucia plus calme,
avec un air d'espoir et de résolution, « vous avez
« un métier et je sais travailler. Allons-nous-en
« si loin que cet homme n'entende plus parler de
« nous.

« — Ah! Lucia! Eh puis? Nous ne sommes
« point encore mariés! Le curé voudra-t-il nous
« délivrer nos papiers (1)? Cet homme.... si nous
« étions mariés, oh alors!..... »

Lucia se prit encore à pleurer, et tous trois
gardèrent le silence dans un état complet d'a-
battement qui faisait un triste contraste avec la
pompe et l'air de fête de leurs habits.

* Vorrà egli farci la fede di stato libero?

« Ecoutez-moi, mes enfants; écoutez-moi, »
dit Agnese après quelques moments de silence.
« Je suis venue en ce monde avant vous, et je le
« connais un peu, ce monde. Il ne faut pas trop
« s'alarmer; le diable n'est pas si noir qu'on nous
« le fait. A nous autres pauvres gens les éche-
« veaux paraissent plus embrouillés parce que
« nous n'en savons pas trouver le bout; mais,
« dans l'occasion, l'avis, le plus petit mot d'un
« homme qui a étudié........ Je m'entends bien.
« Faites comme moi, Renzo; allez à Lecco, cher-
« chez-y le docteur Azzecca-Garbugli*; racontez-
« lui..... Mais ne l'appelez pas ainsi, pour l'a-
« mour de Dieu : c'est un sobriquet. Il faut l'ap-
« peler le seigneur docteur....... Comment s'ap-
« pelle-t-il donc? Oh! voyez!..... je ne sais pas
« son vrai nom : tout le monde l'appelle de cette
« manière. Il vous suffira de demander le doc-
« teur long, sec, pelé, qui a le nez bourgeonné
« et une envie de framboise sur la joue.

« — Je le connais de vue, dit Renzo.

« — Bien, poursuivit Agnese.... : c'est cela un
« homme. J'ai vu bien des gens plus embarrassés
« qu'un poussin dans l'étoupe, qui ne savaient
« plus de quel côté se retourner, et qui, après
« avoir été une heure seulement tête à tête avec
« le docteur Azzecca-Garbugli (faites bien atten-
« tion de ne pas le nommer ainsi), je les ai vus,
« dis-je, qui ne faisaient plus que s'en mocquer..
« Prenez ces quatre chapons, pauvres petits! à

---

* Cherche-Grabuge.

« qui je devais tordre le cou pour le banquet de
« ce soir, et portez-les-lui, car il ne faut jamais
« aller les mains vides chez ces messieurs. Racon-
« tez-lui tout ce qui se passe, et vous verrez qu'il
« vous dira sur le bout du doigt des choses que
« vous n'auriez pas trouvées dans un an. »

Renzo goûta fort cet avis, Lucia l'approuva,
et Agnese, fière de l'avoir donné, prit un à un
les pauvres chapons, réunit leurs huit jambes
comme si elle eût fait un bouquet de fleurs, les
lia d'une ficelle, et les remit à Renzo, qui, après
avoir donné et reçu des paroles d'espoir, sortit
par une petite porte du jardin, de peur d'être
aperçu par les enfants du village, qui n'auraient pas manqué de courir après, en criant,
« Le marié! le marié! » Il s'achemina à travers
champs et par les petits sentiers, écumant de
rage, pensant à sa disgrâce, et ruminant dans sa
tête le discours qu'il devait tenir au docteur
Azzecca-Garbugli. Je laisse à penser au lecteur
combien ce voyage dut être doux pour ces pauvres bêtes ainsi liées, la tête en bas, les pieds
aux mains d'un homme qui, agité de tant de
passions diverses, accompagnait du geste les
pensées tumultueuses qui se pressaient dans son
esprit, et, dans de certains moments de colère,
de résolution ou de désespoir, étendant fortement
le bras, leur donnait de si terribles secousses, et
faisait sauter ces quatre têtes suspendues, qui se
ettaient à se déchirer entre elles à grands coups
de bec, ainsi que cela se pratique trop souvent
entre compagnons d'infortune!

3*

Arrivé au bourg, il s'enquit du logis du docteur ; on le lui enseigna, et il s'y rendit. En entrant, il fut saisi de cette timidité que les gens du peuple éprouvent en la compagnie d'un monsieur et d'un savant ; il oublia tous les beaux discours qu'il avait préparés, mais il jeta un coup-d'œil sur ses chapons, et il se rassura. Il entra dans la cuisine, et demanda à la servante s'il pouvait parler au seigneur docteur. Celle-ci vit la volaille, et, comme accoutumée à de pareils présents, elle mit la main dessus, bien que Renzo les tirât en arrière, parce qu'il voulait que le docteur vît et sût qu'il lui apportait quelque chose. Le docteur arriva comme la servante disait, « Mettez ça là, et passez à l'étude. » Renzo fit une grande révérence au docteur, qui l'accueillit avec bonté d'un « Venez, mon enfant, » et le fit entrer avec lui dans l'étude. C'était un petit appartement dont trois côtés étaient couverts des portraits des douze Césars, le quatrième était chargé d'un gros tas de livres vieux et poudreux. Une table, qui pliait sous le poids des requêtes, des suppliques, des brochures, des ordonnances, occupait le milieu de la chambre ; trois ou quatre siéges étaient autour, et à l'un des bouts un fauteuil à bras surmonté d'un dossier long et carré, que terminaient aux angles deux ornements en bois prolongés en forme de cornes, recouvert en cuir de vache fixé par de grosses broquettes, dont quelques unes, tombées depuis long-temps, laissaient en liberté le cuir, qui se cornait en mille endroits. Le docteur était en veste de chambre, recouverte d'une robe noire déjà un peu pâle, qui lui avait servi plusieurs années en çà pour pérorer dans les jours d'apparat, lorsque quelque grande affaire l'appelait à Milan. Il ferma la porte, et encouragea le jeune homme par ces mots : « — Mon « enfant, contez-moi votre cas.

« — Je voudrais vous parler en confidence....

« — Me voilà, » répondit le docteur, « parlez; » et il s'assit sur son fauteuil. Renzo, debout près de la table, faisant tourner son chapeau dans ses mains, reprit : « — Je voudrais savoir « de monsieur, qui a étudié....

« — Racontez-moi le fait tel qu'il est, » interrompit le docteur.

« — Il me faut excuser, seigneur docteur. « Nous autres pauvres gens, nous ne savons pas « bien parler. Je voudrais donc savoir....

« — Bienheureuses gens ! vous êtes tous ainsi « faits. Au lieu de raconter le fait, vous voulez « toujours questionner, parce que vous avez déjà « votre dessein en tête.

« — Pardonnez-moi, seigneur docteur. Je vou- « drais savoir si l'on peut être puni pour menacer « un curé qui refuse de faire un mariage.

« — J'entends, » dit le docteur, qui, en vérité, n'y avait rien compris; « j'entends. » Et aussitôt il prit un air sérieux, mais d'un sérieux mêlé de compassion et d'intérêt; il serra fortement les lèvres, fit entendre un son inarticulé, expression d'un sentiment qu'il rendit plus clairement par ces premiers mots : « C'est un cas grave; mon

« enfant, un cas prévu. Vous avez bien fait de
« venir vers moi. C'est un cas fort clair, prévu
« dans cent ordonnances, et.... tenez, dans une
« ordonnance de l'année dernière de monsieur le
« gouverneur actuel. Attendez, attendez, je vais
« vous la faire toucher au doigt. »

Il se leva aussitôt de son fauteuil ; il fourra les
mains dans ce déluge de paperasses, les mêlant
en tous sens, comme s'il eût jeté du blé dans un
boisseau.

« Où donc est-elle? Ce n'est pas ça , ni ça. Je
« suis obligé d'avoir tant de choses sous la main !...
« Mais elle doit être là, assurément, car c'est une
« ordonnance très importante. Ah ! la voici ; je la
« tiens. » Il la prit, la déploya, regarda la date,
et son visage s'étant encore rembruni, il s'écria :
« Du 15 octobre 1627 ; oui, elle est de l'an passé ;
« ordonnance toute fraîche. Ce sont celles qui font
« le plus de peur. Savez-vous lire, mon enfant?

« — Quelque peu, seigneur docteur.

« — Eh bien! venez ici, suivez-moi de l'œil,
« et vous verrez. »

Et, tenant l'ordonnance toute déployée, il
commença à lire, passant vite en bredouillant
sur certains passages, et appuyant très distinctement sur certains mots, selon le besoin :

« Bien que, par l'ordonnance publiée par ordre
« de monseigneur le duc de Feria, en date du
« 14 décembre 1620, et confirmée par le très haut
« et très puissant seigneur monseigneur Gonzalo
« Fernandez de Cordoue, etc...., il ait été prévu
« par des châtiments extraordinaires et rigoureux

« à l'oppression, aux concussions et autres actes
« vexatoires qu'aucuns osent commettre contre
« les vassaux si dévoués de sa majesté, les excès
« de toute sorte sont devenus si fréquents, et la
« malice...., etc., s'est accrue à un tel point,
« que son excellence s'est vue dans la néces-
« sité...., etc.... C'est pourquoi, ayant pris l'avis
« du sénat et d'une junte...., etc....., elle a ré-
« solu de publier la présente ordonnance.

« Et pour commencer par les actes vexatoires,
« l'expérience ayant prouvé que plusieurs indi-
« vidus, soit dans la ville, soit dans les cam-
« pagnes (Comprenez-vous?) de cet état, se li-
« vrent tyranniquement à des concussions, et op-
« priment les faibles de diverses manières, par
« exemple, en les obligeant par la force de faire
« des contrats d'achat, de louage...., etc. (Où en
« suis-je? Ah!. m'y voici. Écoutez bien.); que
« suivent ou non les mariages..... (Hein?)

« — C'est mon cas, » dit Renzo.

« — Écoutez, écoutez, il y a bien autre chose;
« nous verrons ensuite la peine. — « Qu'il y ait
« ou non des témoins; que l'un vienne à quit-
« ter le lieu qu'il habite, etc....; que celui-ci
« acquitte un dû; que l'autre ne le moleste
« pas, et qu'il aille à son moulin (Tout ceci
« n'a que faire avec vous. Ah! nous y voici.);
« que le prêtre ne fasse pas ce à quoi son minis-
« tère l'oblige, ou qu'il fasse des choses qui ne
« sont pas de sa compétence.... (Hein?)

« — On dirait qu'ils ont fait l'ordonnance
« exprès pour moi. »

« — N'est-il pas vrai, hein ? Écoutez, écoutez.
— « Et autres semblables qui seraient du fait des
« feudataires, gentilshommes, bourgeois, ma-
« nants et gens du peuple. (Rien n'échappe ;
« tout y est : c'est comme la vallée de Josaphat.
« Écoutez maintenant la peine.) Bien que tou-
« tes ces mauvaises actions et autres sembla-
« bles soient prohibées par les lois, néanmoins,
« comme besoin est d'user d'une grande rigueur,
« S. Exc., par la présente ordonnance, sans dé-
« roger, etc...., veut et ordonne que contre les
« contrevenants, en quelque point que ce soit,
« aux chefs ci-dessus ou autres semblables, il
« soit procédé, par tous les juges ordinaires de
« cet état, à des peines pécuniaires et corporel-
« les, même de bannissement et de galères, et
« même à la peine capitale...... (Bagatelle !)
« à la discrétion de S. Exc. ou du sénat, selon
« la qualité des cas, des personnes et des circon-
« stances. Et cela ir-ré-mis-si-ble-ment, et avec
« la dernière rigueur, etc.... » — En voilà-
« t-il, hein ? Et voyez ici les signatures : « *Gon-*
« *zalo Fernandez de Cordoue;* et plus bas, *Pla-*
« *tonus;* et ici encore : *Vidit Ferrer.* Il n'y
« manque rien. »

Pendant que le docteur lisait, Renzo le suivait
lentement de l'œil, cherchant à bien saisir le sens,
et à voir par lui-même ces bienheureuses paroles,
qui lui semblaient devoir être pour lui une seconde
Providence. Le docteur s'émerveillait à voir son
nouveau client plus attentif qu'épouvanté. « Il doit
« être enrôlé dans la confrérie des *bravi,* » disait-

il à part soi. « Ah! ah! » dit-il enfin à haute voix, « vous vous êtes fait raser le toupet. C'est « être prudent. Cependant, puisque vous vouliez « vous mettre entre nos mains, cela n'était pas « nécessaire. Le cas est sérieux; mais vous ne sa- « vez pas tout ce dont je suis capable au besoin. »

Pour comprendre le sens de ces paroles échap- pées au docteur, il faut savoir, ou se souvenir, qu'à cette époque, les *bravi* de profession et les brigands de toute espèce avaient coutume de porter un gros toupet, dont ils couvraient ensuite leur visage, comme d'un masque, lorsqu'ils vou- laient attaquer quelqu'un, dans les cas où ils ju- geaient nécessaire de se déguiser, et si l'entre- prise était du nombre de celles qui exigeaient en même temps de la force et de la prudence. Les ordonnances n'avaient pas été muettes sur ce point. « Son Excellence (le marquis de la Hyno- « josa) ordonne que quiconque portera les che- « veux assez longs pour qu'ils couvrent le front « jusqu'aux cils inclusivement, ou qui portera « la tresse jusqu'aux oreilles et plus bas, encourra « une amende de 300 *scudi*, et en cas de non- « solvabilité, la peine de trois ans de galères pour « la première fois, et pour la seconde, outre la « peine ci-dessus, une plus grande peine pécu- « niaire et corporelle à la discrétion de S. Exc.

« Il est permis toutefois, au cas où l'on serait « chauve, ou par toute autre cause raison- « nable de parure ou d'infirmité, de porter les « cheveux aussi longs que de besoin puisse être « pour cacher les parties du crâne mises à nu,

« et rien de plus, le tout pour orner la tête, et
« pour cause de santé; mais on doit bien aviser
« à ne pas excéder la stricte nécessité et ce qui est
« permis, sous peine d'encourir le châtiment
« porté contre les autres contrevenants.

« Il est pareillement enjoint aux barbiers,
« sous peine de cent *scudi* d'amende ou de trois
« fustigations données en place publique, et de
« plus forte peine corporelle, toujours à la dis-
« crétion de Son Excellence, ainsi que dessus, de
« ne laisser à ceux qu'ils tondront aucune espèce
« de tressés, toupets et cadenettes, ni les cheveux
« plus longs qu'on ne les porte d'ordinaire, c'est-
« à-dire tombant en bandeau sur la figure, et
« plus bas que les oreilles; mais qu'ils soient
« tous d'une longueur égale, le cas des chauves
« ou autres infirmes excepté, ainsi qu'on vient
« de le dire. » Le toupet était donc comme une
partie de l'équipement et un trait distinctif des
bravaches et des mauvais sujets : de là vient
qu'ils furent surnommés les *toupets*. Cette expression a passé dans la langue italienne, et elle
subsiste encore, mais dans un sens plus radouci,
et il y a plus d'une personne à Milan qui se rappelle avoir ouï dire dans sa jeunesse, soit à ses
parents, soit à son maître, soit à quelque ami
ou quelque domestique de sa maison : C'est un
toupet, c'est un petit *toupet*.

« Sur ma foi de pauvre jeune homme, » répondit Renzo, » je n'ai porté de toupet de ma vie.

« — Il n'y a rien à faire, » reprit le docteur
en hochant la tête d'un air à la fois malin et

mpatienté ; « si vous n'avez pas confiance en
moi, il n'y a rien à faire. Qui ment à son avocat, voyez-vous, mon enfant, est un imbécille
qui dira la vérité à son juge. Il faut conter
clairement les choses à l'avocat : c'est à nous
ensuite de les embrouiller. Si vous voulez que
je vous serve, il me faut tout dire de l'A au Z,
« le cœur sur la main, comme à votre confesseur. Vous me devez d'abord nommer la personne qui a ordonné l'équipée. Ce ne peut être
« qu'un personnage important : alors j'irai droit
« vers lui m'acquitter de ce qu'on lui doit. Je
« me garderai bien de lui dire, voyez-vous, que
je tiens de vous que c'est lui qui vous a fait
faire la sottise ; rapportez-vous-en bien à moi.
« Je lui dirai que je viens implorer sa protection
pour un pauvre jeune homme calomnié. Je
prendrai avec lui toutes les mesures nécessaires
pour finir honorablement l'affaire. Vous entendez bien qu'en se sauvant il vous sauvera
aussi. Mais si cette petite équipée est toute de
votre fait, mon Dieu ! je ne jette pas mon
« bonnet pour cela : j'en ai tiré bien d'autres de
pas bien plus difficiles.... Pourvu que vous ne
vous soyez attaqué à personne de trop puissant, entendons-nous bien sur ce point, je me
fais fort de vous tirer d'affaire, pour un peu
d'argent, entendons-nous bien. Dites-moi d'a-
bord quel est l'offensé, et comment on le
nomme ; ensuite la condition, la qualité et le
caractère de votre protecteur : nous verrons s'il
vaut mieux tenir notre homme en respect

« en le menaçant du protecteur, ou lui décoche
« quelque bonne accusation criminelle, et lu
« mettre la puce à l'oreille. Car, voyez-vous
« pour qui sait bien manier la loi, personn
« n'est coupable et personne n'est innocen
« Quant au curé, s'il a du jugement, il s
« tirera à l'écart; si c'est une mauvaise tête, j'ε
« aussi des moyens contre ces sortes de gens. O
« peut se tirer de tout; mais il faut un homm
« capable. Votre cas est sérieux, sérieux, voι
« dis-je, très sérieux; l'ordonnance chante for
« clairement; et si la chose se doit décider entι
« la justice et vous, entre quatre yeux pou
« ainsi dire, vous êtes frais! Je vous parle e
« ami, il faut payer ses escapades. Si vous e
« voulez sortir blanc comme neige, il faut d
« l'argent, de la sincérité, de la confiance c
« votre avocat, qui vous veut du bien, de l'o
« béissance, et surtout faire tout ce qui vou
« sera suggéré. »

Pendant que le docteur débitait ce long fatra:
Renzo le regardait la bouche béante, dans u
état de contemplation extatique, comme u
lourdeau qui se plante sur la place publiqu
pour voir un bateleur qui, après avoir cach
dans sa bouche de l'étoupe, encore de l'é
toupe, toujours de l'étoupe, en tire, tir
tire du ruban à n'en plus finir. Après avoir bie
compris le docteur et l'équivoque qu'il ava
faite, il lui coupa le ruban dans la bouche p
ces mots : « Oh! seigneur docteur! comme
« avez-vous saisi la chose? Tout est précisémeι

à rebours. Je n'ai menacé personne ; je ne fais pas de cette besogne-là, moi. Demandez plutôt à tout mon village : on vous dira que je n'ai jamais rien eu à démêler avec la justice. C'est à moi qu'on a joué le tour; et je viens vers vous pour savoir comment je dois m'y prendre pour obtenir justice, et je suis on ne peut plus content d'avoir vu cette ordonnance.

« — Diable ! » s'écria le docteur en ouvrant grands yeux. « Quel galimatias me faites-vous ? Vous êtes bien ainsi fait. Ne pouvez-vous jamais dire clairement les choses ?

« — Mais, seigneur docteur, pardonnez-moi, vous ne m'avez pas donné le temps. Maintenant je vais vous raconter la chose comme elle est. Vous saurez donc que je devais épouser aujourd'hui.... » Et ici la voix de Renzo devint ue. « Je devais épouser aujourd'hui une jeune personne que je courtise depuis cet été. Aujourd'hui, comme j'ai l'honneur de vous le dire, était le jour fixé par le seigneur curé, et l'on avait tout préparé. Voilà que le seigneur curé commence à mettre en avant certaines excuses....Baste! pour couper court, je l'ai fait parler, comme de juste, et il m'a avoué qu'on lui avait défendu, sous peine de la vie, de faire ce mariage. Ce *prepotente* de don Rodrigo....

« — Eh ! allons donc, » interrompit aussitôt docteur, fronçant le sourcil, aidant son nez bicond, et tordant la bouche ; « eh ! allons

« donc! vous me venez rompre la tête av
« vos balivernes. Parlez à votre écot, puisq
« vous ne savez pas le poids de vos paroles,
« ne les venez pas jeter au nez d'un gala
« homme qui en connaît toute la valeur. Allé
« vous-en, sortez. Vous ne savez ce que vo
« dites. Je ne m'embourbe pas avec des enfan
« Je ne veux pas écouter des propos de cette n
« ture, des propos en l'air.

« — Je vous jure.

« — Allez-vous-en, vous dis-je. Que voule
« vous que je fasse de vos serments? Je ne me me
« pas de cela; je m'en lave les mains. » Et il
frottait, les tournait et retournait l'une sur l'a
tre comme s'il les lavait en effet. « Apprenez
« parler. On ne vient pas surprendre ainsi un g
« lant homme.

« — Mais écoutez, mais écoutez, » répéta
Renzo. Le docteur, toujours braillant, le repot
sait des deux mains hors l'appartement. Quai
il vous l'eut chassé, il ouvrit la porte toute gra
de, appela la servante, et lui dit : « Rendez su
« le-champ à cet homme ce qu'il a apporté; je
« veux rien de lui, je ne veux rien. » Depuis
temps qu'elle était à la maison, la bonne femr
n'avait jamais eu à exécuter un ordre semblabl
mais il avait été donné avec tant de résoluti
qu'elle ne balança pas d'obéir. Elle prit les qu
tre pauvres bêtes et les donna à Renzo d'un a
de compassion qui semblait dire : « Il faut que
« aies fait la sottise bien grosse, mon garçon.
Renzo voulait faire quelques cérémonies; mais

cteur fut inébranlable; et Renzo, tout étonné,
plus empêché que jamais, reprit les victimes
usées, et se remit en marche vers son village,
ur raconter à ses dames le beau succès de son
treprise.

Celles-ci, en son absence, après avoir triste-
nt quitté leurs habits de noces pour leur mo-
ste vêtement de tous les jours, se mirent à dé-
érer de nouveau, Lucia en pleurant, Agnese
soupirant. Quand sa mère eut bien parlé des
ands effets qu'on devait attendre des conseils
docteur, Lucia dit qu'il fallait tâcher de s'ai-
r de toutes les manières; que le père Cristo-
o était un homme non seulement à ouvrir un
is, mais encore à donner un coup de main
and il s'agissait de secourir les pauvres gens,
que ce serait une excellente chose que de pou-
ir lui faire savoir ce qui était arrivé. «Sans
oute, » dit Agnese; et elles se mirent à chercher
tre elles le moyen. Aller jusqu'au couvent, qui
it distant d'environ deux milles, c'était une
treprise qu'elles n'auraient pas voulu risquer ce
ur-là, et certes aucun homme sensé ne le leur
rait conseillé. Mais pendant qu'elles hésitaient
r le parti à prendre, on entendit heurter à la
rte, et au même moment un *Deo gratias* pro-
ncé à voix basse, mais distincte. Lucia, ima-
ant qui ce pouvait être, courut ouvrir. Aus-
ôt après s'être retirée, entré un capucin frère
, portant sur l'épaule gauche sa large besace,
nt il serrait avec les deux mains sur sa poi-
ine l'ouverture étroite et tortillée. «Oh! frère

« Saldino ! » dirent les deux femmes. — « Le Se
« gneur soit avec vous, dit le frère. Je viens po
« la quête des noix.

    « — Va chercher les noix pour le père, »
Agnese. Lucia se leva et s'achemina vers une
tre pièce ; mais avant d'y entrer elle s'arrêta
moment derrière le père Saldino, qui était re
debout, dans la même position ; et, mettant
doigt sur sa bouche, elle lança à sa mère un
gard qui semblait demander le secret d'un
tendre et suppliant, mais aussi avec une certa
autorité.

    Le quêteur, qui se tenait toujours assez l
d'Agnese, dit : « Et ce mariage ? il devait po
« tant se faire aujourd'hui. J'ai vu dans le v
« lage comme une confusion, comme quel
« chose qui indique un événement. Qu'est-il
« rivé ?

    « — Le seigneur curé est malade, et il fau
« différer, » répondit aussitôt la bonne fem
Si Lucia ne lui avait pas fait ce signe, la répo
aurait probablement été tout autre. « Et co
« ment va la quête ? » dit-elle ensuite pour ch
ger le discours. — « Pas trop bien, ma bonne da
« pas trop bien : tout est là. » En parlant ain
ôta la besace de dessus ses épaules, et la fit s
ter dans ses deux mains. « Tout est là, et p
« ramasser cette belle abondance il m'a fallu fr
« per à dix portes.

    « — Mais l'année est mauvaise, frère Saldi
« et quand il faut courir après son pain, tou
« mesure davantage pour le besoin.

« — Et pour faire revenir le bon temps, quel remède y a-t-il, ma bonne dame? L'au-mône. Connaissez-vous le miracle des noix qui arriva il y a déjà plusieurs années dans notre ouvent de la Romagne?

« — Non vraiment. Contez-le-moi.

« — Oh! vous devez savoir qu'il y avait dans ce couvent un de nos pères qui était un saint, t qui se nommait le père Macario. Un jour d'hiver, en passant par un petit sentier dans le champ d'un de nos bienfaiteurs, homme de bien aussi, lui, le père Macario, vit ce bien-faiteur près d'un grand noyer, et quatre pay-sans, la hache levée, qui s'occupaient à en déchausser le pied pour mettre les racines au soleil. — Que faites-vous à ce pauvre arbre? demanda le père Maccario. — Eh! père! il y a déjà des années qu'il ne veut plus faire de noix, et moi j'en fais du bois. — N'en faites rien, n'en faites rien, dit le père. Apprenez que cette année il portera plus de noix que de feuilles. Le bienfaiteur, qui savait quel était celui qui lui avait tenu ce discours, ordonna aussitôt aux travailleurs de jeter de nouveau de la terre sur les racines. Il appela le père, qui poursui-vait sa route. — Père Macario, lui dit-il, la moitié de la récolte sera pour le couvent. Quand vint l'époque où la prédiction devait se véri-fier, tout le monde courut pour voir le noyer. Au printemps il jeta des fleurs à force, et en-suite des noix et des noix à rage. Le digne bien-faiteur n'eut pas le plaisir de les gauler, parce

« qu'il alla avant la récolte recevoir dans le ci

« la récompense de sa charité. Mais le mirac

« n'en fut que plus grand, comme vous l'all

« voir. Ce brave homme avait laissé après lui u

« fils d'une bien autre nature. Or donc, à la ré

« colte, le frère quêteur alla pour recueillir l

« moitié qui était due au couvent; mais l'héri

« tier eut l'air de tomber des nues, et il eut l

« hardiesse de répondre qu'il n'avait jamais ou

« dire que les capucins sussent faire les noi

« Or savez-vous ce qu'il arriva? Un jour (écou

« tez bien ceci) le vaurien avait invité quelqu

« amis de la même trempe que lui, et, tout e

« faisant ripaille, il leur racontait l'histoire d

« noix, et il s'égayait aux dépens des frères. C

« garnements eurent envie d'aller voir cet énor

« me tas de noix, et il les conduisit au gre

« nier. Mais, écoutez-moi bien, il ouvre là po

« te, va vers le coin où l'on avait mis le gran

« tas; et pendant qu'il dit, Regardez, il re

« garde lui-même, et il voit...... quoi? un bea

« tas de feuilles de noyer sèches. Fut-ce un b

« exemple, cela? Le couvent, au lieu de perd

« à cette aumône qu'on lui avait refusée, y gagn

« beaucoup, parce que depuis un si grand événe

« ment la quête des noix rendait tant et tant

« qu'un des bienfaiteurs de notre communau

« té; touché de compassion pour le pauvre frèr

« quêteur, fit présent au couvent d'un âne pou

« aider le frère à porter les noix. On en faisai

« de l'huile en si grande quantité, que tous le

« pauvres en venaient prendre pour leurs besoins

« car nous autres capucins nous sommes comme
« la mer, qui reçoit l'eau de toutes parts pour la
« distribuer à tous les fleuves. »

Ici Lucia revint avec son tablier si plein de noix
u'elle ne le portait qu'avec peine, en le tenant,
es bras tendus, par les deux bouts. Pendant que
e frère Galdino posait sa besace à terre et en dé-
liait l'ouverture pour y introduire l'abondante
umône, la mère regarda Lucia d'un air étonné
t sévère pour sa prodigalité; mais Lucia lui répondit par un coup d'œil qui voulait dire : Je
me justifierai. Fra Galdino s'épuisa en éloges, en
rédictions, en promesses, en remercîments. Il
chargea de nouveau sa besace, et il allait partir;
ais Lucia le retint. « J'ai un service à vous demander, dit-elle. Obligez-moi de dire au père
« Cristoforo que j'ai le plus grand désir de lui
parler, et qu'il me fasse la grâce de venir tout
de suite, tout de suite, dans notre pauvre chaumière, parce qu'il m'est impossible d'aller à
l'église.

« — N'est-ce que cela? Avant une heure le
père Cristoforo saura ce que vous désirez de
lui.

« — J'y compte.

« — N'en doutez pas. » Et cela dit, il s'en alla
n peu plus courbé et un peu plus content qu'il
'était venu.

A voir une pauvre petite fille envoyer quérir
vec tant de confiance le père Cristoforo, et le
ère quêteur accepter la commission sans s'é-
onner, et sans faire aucune difficulté, on croi-

rait peut-être que ce Cristoforo fût un frère à l
douzaine, quelque pauvre diable de capucin : c'é
tait pourtant un homme qui exerçait une grand
influence sur les frères et dans tout le canton ; mai
telle était alors la condition des capucins, que
rien ne leur semblait ni trop au-dessous ni trop
au-dessus d'eux. Servir les faibles, et se faire ser
vir par les puissants ; entrer dans les palais e
dans les chaumières avec la même contenanc
modeste et assurée ; être en même temps et dan
la même maison un objet de divertissement e
un personnage sans lequel rien ne se faisait ; de
mander l'aumône de part et d'autre, et la fair
à tous ceux qui la venaient demander au co
vent : à tout cela un capucin était accoutume
Quand il était en voyage, il pouvait égalemen
s'accoster d'un prince, qui lui baisait respec
tueusement le bout de son cordon, ou tombe
dans une bande de méchants garnements qui, e
feignant de se quereller entre eux, lui jetaie
de la boue à la barbe. A cette époque, le m
frère n'était prononcé qu'avec mépris ; et l
capucins, plus encore que les religieux des autr
ordres, étaient en butte à deux sentiments bi
opposés, et éprouvaient les deux fortunes coi
traires, parce que, ne possédant rien, revêt
d'un costume plus étrange, et faisant une pr
fession plus ouverte d'humilité chrétienne,
s'exposaient beaucoup plus au respect et au m
pris que ces deux choses peuvent inspirer a
hommes, selon la diversité de l'humeur ou
manière de voir.

Quand le frère Galdino fut parti, « Quoi!
tant de noix! s'écria Agnese, une année comme
« celle-ci!

«—Pardonnez-moi, maman, répondit Lucia;
« mais si nous n'avions pas fait une aumône plus
« forte que de coutume, le frère Galdino aurait
« été obligé de virer et de revirer Dieu sait com-
« bien de temps avant d'avoir rempli sa besace;
« Dieu sait quand il serait retourné au couvent;
« et avec toutes les sornettes qu'il aurait débi-
« tées ou écoutées, Dieu sait s'il lui serait venu
« à l'esprit...

« — Tu as bien fait; et d'ailleurs la charité
« porte toujours son fruit, » dit Agnese, qui, malgré ses petits travers, était une excellente femme,
et qui aurait, comme on dit, vendu sa chemise
pour sa fille, en qui reposaient toutes ses affec-
tions.

Sur ces entrefaites arriva Renzo. Il entra, l'air
honteux, et bouffi de colère, et il jeta brusquement les chapons sur la table. Ce fut pour ce
jour-là les dernières infortunes de ces pauvres
bêtes.

« Bel avis, ma foi, que l'avis que vous m'avez
« donné! dit-il à Agnese. Vous m'avez envoyé
« vers un brave et digne homme, qui est d'un
« secours merveilleux pour les pauvres gens! »
Aussitôt il lui raconta son entrevue avec le docteur. La bonne femme, stupéfaite d'une telle issue, voulait se mettre à prouver que l'avis était
excellent, et que Renzo n'avait peut-être pas
bien su s'y prendre; mais Lucia l'interrompit en

annonçant qu'elle espérait d'avoir trouvé un meilleur appui. Renzo embrassa cet espoir avec joie, ainsi qu'il arrive à tous ceux qui sont dans l'embarras et dans la peine. « Mais si le père, dit-il, « ne trouve pas un expédient, j'en trouverai un, « moi, de manière ou d'autre. » Les deux femmes l'invitèrent au calme, à la patience, à la prudence. « Demain, dit Lucia, le père Cristoforo viendra assurément, et vous verrez qu'il « trouvera quelques remèdes, de ceux que nous « autres ne savons pas du tout imaginer.

« — Je l'espère, dit Renzo; mais dans tous « les cas je saurai en avoir raison, par moi ou « par d'autres. Dans ce monde on obtient justice, « à la fin des fins. »

Pendant ces douloureux entretiens et tant d'allées et de venues, le jour avait baissé, et il commençait à faire nuit.

« Bonsoir, » dit tristement Lucia à Renzo, qui ne pouvait se résoudre à s'en aller. — « Bonsoir, » répondit celui-ci plus tristement encore.

« — Quelque saint viendra à notre aide, ré- « pliqua la jeune fille. De la prudence et de la « résignation. » La mère y ajouta des conseils de la même nature, et le fiancé s'en alla le cœur agité, répétant sans cesse ces étranges paroles : « Dans ce monde il y a de la justice, à la « fin des fins! » Tant il est vrai qu'un homme en proie à de grandes douleurs ne sait plus ce qu'il dit.

CHAPITRE IV.

Le soleil commençait à peine à poindre sur l'horizon lorsque le père Cristoforo sortit de son couvent de Pescarenico pour se rendre à la chaumière où il était attendu. Pescarenico est un petit hameau sur la rive gauche de l'Adda, ou pour mieux dire du lac, un peu au-dessous du pont. C'est un amas de cabanes habitées la plupart par des pêcheurs, et que décorent çà et là des filets étendus au soleil. Le couvent était situé (et l'édifice en subsiste encore) en dehors du village. La façade donnait sur les terres, au milieu de la route qui mène de Lecco à Bergame. Le ciel était pur et serein. A mesure que le soleil s'élevait derrière ces montagnes, on voyait sa lumière descendre rapidement du sommet des monts opposés et se répandre dans les vallées; une brise d'automne détachait des rameaux du mûrier les feuilles desséchées et les faisait tomber, en tournoyant, à quelque distance de l'arbre; à droite et à gauche ses rayons, encore obliques, coloraient les pampres des vignes, qui commençaient à rougir en diverses teintes; et les filets, encore humides de la veille, se déployaient en longues bandes brunes et distinctes sur les champs couverts de chaume que la rosée avait rendus blanchâtres et brillants. La scène était riante; mais toutes les figures qui se mouvaient dans ce paysage attristaient la vue et la pensée. A chaque instant on rencontrait de pâles mendiants couverts de haillons, vieillis dans le métier, ou que le besoin réduisait alors à tendre la main. Ils passaient lentement près du père de Cristoforo et le regardaient d'un air à exciter la compassion; et bien qu'il n'eussent rien à espérer de lui, parce qu'un capucin ne touchait jamais monnaie, ils le saluaient d'un air de remercîment pour l'aumône qu'ils avaient reçue ou qu'ils allaient recevoir au couvent. Le spectacle des cultivateurs répandus dans les champs avait je ne sais quoi de plus douloureux encore. Quelques uns allaient jetant en terre la semence en petite quantité, avec épargne et presque à regret, comme un homme qui risque une chose dont il a grand besoin; les autres ne poussaient la bêche qu'avec peine, et retournaient tristement la glèbe. La jeune bouvière, pâle et décharnée, traînant par une petite corde au pâturage la vache desséchée dont les mamelles avaient tari, regardait attentivement et se baissait en hâte afin de dérober pour la nourriture de sa famille quelque herbe que la faim avait fait découvrir comme une ressource et un aliment. Ces objets accroissaient à chaque pas la tristesse du père, qui cheminait déjà avec le triste pressentiment qu'il allait pour apprendre quelque malheur.

Mais pourquoi s'inquiétait-il tant en faveur de Lucia? pourquoi, au premier avis, s'était-il mis en route avec tant de sollicitude, comme à un

appel du père provincial? Quel était donc le père
Cristoforo? Il faut satisfaire à toutes ces questions.

Le père Cristoforo, de ***, était un homme
plus près de soixante que de cinquante ans. Sa
tête rase, à l'exception de ce peu de cheveux
qui la ceignaient comme une couronne, selon
la coutume des capucins, se haussait de temps
en temps avec un mouvement qui laissait
percer je ne sais quoi d'altier et d'inquiet; mais
elle se baissait aussitôt par réflexion d'humilité.
La longue barbe grise qui couvrait ses joues et
son menton faisait ressortir encore mieux les
nobles formes de la partie supérieure de son visage; une abstinence déjà depuis long-temps ha-
bituelle avait donné plus de gravité à ses traits sans
leur rien faire perdre en expression. Ses deux yeux
caves étaient pour l'ordinaire baissés vers la terre;
mais quelquefois ils brillaient d'un éclat subit, comme deux chevaux fougueux, conduits par la main
d'un cocher à qui ils savent par habitude qu'il
faut obéir, se laissent de temps en temps emporter par leur ardeur, et cèdent bientôt au mors.

Le père Cristoforo n'avait pas toujours été
tel, et il n'avait pas toujours eu nom Cristoforo.
Son prénom était Ludovico. Il était fils d'un
marchand de *** (ces astérisques sont toutes du
fait de notre circonspect anonyme), qui, sur les
dernières années de sa vie, se voyant très riche, et
avec ce seul fils pour héritier, s'était retiré du com-
merce, et s'était mis à vivre noblement. Dans
les nouveaux loisirs qu'il s'était faits, il se sentit
saisi d'une grande honte pour tout le temps

qu'il avait employé à faire quelque chose dans
ce bas monde. Dominé par ce caprice, il tra-
vaillait de toutes ses forces à faire oublier qu'il
avait été marchand; il aurait voulu pouvoir
l'oublier lui-même. Mais la boutique, les ballots
de drap, les mémoires, la demi-aune *, lui re-
venaient toujours en tête et étaient toujours
devant ses yeux, comme l'ombre de Banco à
Macbeth, même au milieu de la joie des festins
et les sourires des parasytes. On ne saurait imaginer la peine que prenaient ces pauvres gens
pour éviter le moindre mot qui eût pu faire al-
lusion à l'ancien état de leur amphitryon. Un
jour, pour n'en citer qu'un exemple, un jour,
vers la fin du repas, dans les accès d'une joie si
vive et si pure qu'on n'aurait su dire qui jouis-
sait le plus ou de la compagnie de vider les
plats, ou du maître de les avoir fait servir, il plai-
santait d'un ton de supériorité amicale un de ses
commensaux, le plus honnête mangeur du monde.
Celui-ci, pour se prêter au badinage, sans la
moindre idée de malice, avec une vraie candeur
d'enfant, répondit : « — Eh ! je fais la sourde
« oreille, l'oreille de marchand. » A peine le son
qui venait de s'échapper de sa bouche eut-il
frappé son ouïe, qu'il jeta un regard indécis sur
le visage de l'amphitryon, qui s'était aussitôt
rembruni. Tous deux auraient voulu retourner
à leurs premiers propos, mais c'était chose im-

---

* Il braccio.

possible. Les autres convives cherchaient, chacun de son côté, à faire diversion à ce petit scandale; mais en cherchant, ils se taisaient, et ce silence rendait le scandale plus sensible encore. Chacun craignait de rencontrer les yeux de son voisin; ils sentaient tous que chacun était préoccupé de l'idée qu'ils voulaient dissimuler. La joie ne put pas revenir ce jour-là; et le pauvre imprudent, le malheureux, pour mieux dire, ne reçut plus d'invitation. C'est ainsi que le père de Ludovico passa les dernières années de sa vie dans de perpétuelles angoisses, craignant sans cesse d'être un sujet de raillerie, ne s'avisant pas que vendre n'est pas plus ridicule qu'acheter, et que cette profession dont il rougissait alors, il l'avait pourtant exercée fort longtemps, en présence du public, et sans remords. Il fit élever noblement son fils, selon l'usage du temps, et autant que le lui permettaient les lois et les coutumes; il lui donna des maîtres de belles-lettres et d'équitation, et il mourut en le laissant riche et tout jeune encore. Ludovico avait contracté des habitudes de seigneur. Ses flatteurs, parmi lesquels il avait grandi, l'avaient habitué à être traité avec beaucoup de respect. Mais quand il voulut se mêler aux principaux de la ville, il trouva un ordre de choses bien différent de celui auquel on l'avait accoutumé. Il vit que, pour vivre dans leur société, ainsi qu'il l'aurait souhaité, il lui fallait faire une nouvelle école de patience et de respect, se tenir toujours au-dessous d'eux; et avaler de

4.

temps en temps quelque fâcheuse pilule. Un tel
genre de vie ne s'accordait ni avec l'éducation
ni avec le naturel de Ludovico. Il s'éloigna d'eux
très en colère; mais il ne se tenait à l'écart qu'à
contre-cœur, parce qu'il lui semblait que ceux-ci
étaient vraiment faits pour être ses compagnons;
seulement il les aurait voulus d'humeur plus
traitable. Avec ce mélange de haine et de penchant pour eux, ne pouvant pas les hanter fami-
lièrement, et voulant toutefois leur ressembler
sous quelques rapports, il s'était mis à lutter avec
eux de luxe et de magnificence, s'attirant à plaisir
des inimitiés, des jalousies et des ridicules. Son caractère, tantôt doux, tantôt emporté, l'avait em-
barqué dans des algarades plus sérieuses. Il éprou-
vait une horreur sincère et profonde pour les
vexations et les injustices; cette horreur était
rendue encore plus vive par la qualité des personnes qui les commettaient à la journée : c'était
précisément celles qu'il haïssait de cœur. Pour
apaiser ou pour exciter toutes ces passions en une
seule, il prenait volontiers le parti d'un faible opprimé, il s'étudiait à se faire le redresseur de torts;
il épousait une querelle, il en épousait une autre, si bien qu'il en vint peu à peu à se constituer le protecteur et le vengeur de tous les opprimés. L'entreprise était difficile; et il n'est pas besoin de demander si le pauvre Ludovico avait des
ennemis, des soucis et de fâcheuses rencontres. Outre cette guerre extérieure, il était ensuite continuellement agité par des combats intérieurs; parce que, pour venir à bout d'une in-

trigue (sans parler de celles où il avait le dessous),
il devait mettre en œuvre plusieurs moyens d'astuce et de violence que sa conscience ne pouvait aucunement approuver. Il lui fallait entretenir autour de lui un bon nombre de bravaches; et, autant pour sa propre sûreté que pour
avoir une aide plus vigoureuse, il lui fallait
choisir les plus téméraires, c'est-à-dire les plus
scélérats, et vivre avec des brigands par amour
pour la justice. A tel point que, plus d'une fois,
ou découragé par une mauvaise réussite, ou inquiet pour un péril imminent, ennuyé d'être obligé de se tenir toujours sur ses gardes, las de la
compagnie avec laquelle il était forcé de vivre,
en souci de l'avenir à cause de ses ressources, qui
s'écoulaient de jour en jour en bonnes œuvres et
en *braveries,* plus d'une fois la fantaisie lui était
venue de se faire capucin. C'était à cette époque
le moyen le plus commun de sortir d'embarras.
Mais ce qui aurait été chez lui une simple fantaisie peut-être pour le reste de ses jours se
changea en une résolution fixe par un accident,
le plus grave et le plus terrible qui lui fût encore
arrivé.

Il allait un jour par une rue de sa ville na-
tale, accompagné d'un ancien garçon de boutique que son père avait métamorphosé en majordome, et suivi de deux *bravi.* Le majordome,
qui avait nom Cristoforo, était un homme
d'environ cinquante ans, dévoué dès sa jeunesse
à son maître, qu'il avait vu naître, et dont les
libéralités le faisaient vivre, lui, sa femme et

huit petits enfants. Ludovico vit venir de loin un
seigneur, comme lui arrogant et protecteur de
profession, à qui il n'avait parlé de sa vie, mais
qui le détestait cordialement, et à qui il rendait
généreusement la pareille : car c'est un des
avantages de ce bas monde que l'on puisse haïr
et être haï sans se connaître. Celui-ci, suivi de
quatre *bravi*, s'avançait en droite ligne, d'un
pas fier, la tête haute, l'insolence et le dédain
sur les lèvres. Tous deux cheminaient en rasant
le mur; mais Ludovico (notez bien ce point) le
rasait du côté droit; et cette position, selon un
usage établi, lui donnait le droit (où diable le
droit va-t-il se fourrer!) de ne pas s'en éloigner
pour donner passage à qui que ce fût. C'étaient
toutes sortes de droits dont on faisait alors
beaucoup de cas. L'autre tenait au contraire à
ce que ce droit lui revînt à lui en sa qualité de
gentilhomme, et que ce fût à Ludovico de céder
le pas, en vertu d'un autre usage. En ceci,
comme en beaucoup d'autres choses, il y avait
deux usages opposés, tous les deux en vigueur,
sans qu'il fût décidé lequel était le bon : cela
donnait l'occasion de faire une querelle chaque
fois qu'une mauvaise tête se rencontrait avec
une tête de la même trempe. Nos deux hommes
marchèrent l'un vers l'autre, serrant tous deux
la muraille, comme deux figures mouvantes de
bas-relief. Quand ils furent nez à nez, le surve-
nant toisa Ludovico de la tête aux pieds, avec
un regard impérieux, et lui dit d'une voix mon-
tée sur le même ton : « Prenez le bas du pavé.

« — Prenez-le vous-même, répondit Ludo-
« vico : j'ai l'avantage du pas....

« — Avec vos pareils, le pas est toujours à moi.

« — Oui, si l'arrogance de vos pareils était
« une loi pour les miens. »

Les deux escortes s'étaient arrêtées, chacune
derrière son chef, se regardant de travers, la
main au poignard, et préparées au combat.
Les passants qui arrivaient dans la rue se reti-
raient un peu, et se tenaient à distance pour
tout observer. La présence de ces spectateurs
animait toujours davantage l'amour-propre des
deux rivaux.

« Prends le bas, vil artisan, ou je t'appren-
« drai une bonne fois ce qu'on doit à des gentils-
« hommes.

« — Vous mentez en me traitant d'homme vil.

« — Tu mens en disant que j'ai menti. » Cette
riposte était logique. « Et si tu étais chevalier
« comme moi, ajouta le seigneur, je te voudrais
« faire voir, avec la cape et l'épée, que c'est toi
« qui en as menti.

« — Le prétexte est bon pour vous dispenser
« de soutenir par les faits l'insolence de vos pro-
« pos.

« — Jetez-moi ce drôle dans la boue, » dit le
gentilhomme en se tournant vers les siens.

« — Voyons cela ! » dit Ludovico, reculant
aussitôt d'un pas, et mettant l'épée à la main.

« — Téméraire ! cria l'autre en tirant la sienne,
« je la briserai en pièces quand elle se sera souil-
« lée de ton vil sang. »

Ils se précipitèrent l'un sur l'autre; les serviteurs accoururent des deux parts à la défense de leurs patrons. Le combat était inégal, et pour le nombre, et surtout parce que Ludovico visait plutôt à parer les coups et à désarmer son ennemi qu'à le tuer; mais celui en voulait à sa vie. Ludovico avait déjà reçu au bras gauche un coup de poignard d'un *bravo* et une légère égratignure à la joue; son principal adversaire essayait de le tourner pour l'achever, lorsque Cristoforo, voyant son patron dans ce péril extrême, alla prendre avec son poignard le seigneur par-derrière. Celui-ci tourna toute sa colère contre Cristoforo, et le perça de part en part avec son épée. A cette vue, Ludovico, hors de lui, plongea la sienne dans le ventre du provocateur, qui tomba mourant presqu'en même temps que le pauvre Cristoforo. Les bandits du gentilhomme, l'ayant vu par terre, prirent la fuite en assez mauvais état; ceux de Ludovico, aussi battus et refroidis, ne voyant plus personne à qui tenir tête, et ne voulant pas se trouver enveloppés par les spectateurs, qui déjà accouraient sur le champ de bataille, s'enfuirent de l'autre côté; et Ludovico se trouva seul, avec ces deux funestes compagnons étendus à ses pieds, au milieu d'un immense concours de peuple.

« Comment cela est-il allé? — Il y en a un.
« — Il y en a deux. — Il lui a fait une bouton
« nière au ventre. — Qui a été tué? — C'est ce
« *prepotente*. — Oh! santa Maria! quelle chute!

« — Qui cherche trouve. — Un moment les
« paie toutes. — Lui aussi a eu sa fin. — Quel
« coup ! — C'est une affaire sérieuse. — On a
« rabattu sa fierté. — Miséricorde ! quel spec-
« tacle ! — Secourez-le ! secourez-le ! — Il est
« frais aussi, celui-là ! Voyez comme il est ar-
« rangé ! il s'en va tout en sang ! — Sauvez-vous,
« pauvre homme ! sauvez-vous ! ne vous laissez
« pas prendre. »

Ces mots, qui dominaient tous les autres et per-
çaient à travers le tumulte confus de la foule,
exprimaient le vœu général. L'aide vint avec le
conseil. L'événement avait eu lieu près d'une église
de capucins, asyle, comme chacun sait, impéné-
trable alors aux sbires et à tout ce concours de
choses et d'hommes que l'on appelait la justice. Le
meurtrier blessé, ayant presque perdu l'usage de
ses sens, y fut conduit ou plutôt porté par la foule.
Les frères le reçurent des mains du peuple, qui
le leur recommandait en disant : « C'est un homme
« de bien, qui a mis à l'ombre un brigand orgueil-
« leux. Il l'a fait pour sa défense ; il y a été forcé. »

Ludovico, jusque alors, n'avait pas versé le sang.
Bien que l'homicide fût, dans ces temps malheureux, une chose si commune que les oreilles de
chacun fussent faites à l'entendre raconter et les
yeux à le voir, cependant l'impression qu'il reçut
à l'aspect de l'homme mort pour lui et de l'homme mort par lui fut nouvelle et inexprimable.
Ce fut une révélation de sentiments encore inconnus. La chute de son ennemi, l'altération de
ces traits qui passaient en un moment de la me-

nace et de la fureur à l'abattement et à ce calme
solennel de la mort, fut une vue qui changea
aussitôt l'esprit du meurtrier. Traîné au couvent
il ne savait presque pas où il était ni ce qui se
faisait. Quand il reprit l'usage de ses sens, il se
trouva dans un lit de l'infirmerie, aux mains du
frère chirurgien (les capucins en avaient d'ordinaire un dans chaque couvent), qui posait de
bandes et des compresses sur les deux blessures
qu'il avait reçues dans cette rencontre. Le père
à qui était commis le soin d'assister les moribonds
et qui avait souvent rendu de semblables office
dans la rue, fut appelé aussitôt au lieu du combat. Revenu peu d'instants après, il entra dans
l'infirmerie, et s'étant approché du lit où gisai
Ludovico : « Consolez-vous, lui dit-il : au moin
« il a fait une bonne mort. Il m'a chargé de vou
« demander votre pardon et de vous porter le
« sien. » A ces mots, qui firent entièrement revenir le pauvre Ludovico, la douleur causée par
la perte d'un ami, l'étonnement, le remords du
coup que sa main avait frappé, et en même temp
une compassion mêlée de regrets pour l'homme qu'il avait tué, sentiments jusque là confu
et pressés dans son esprit, se réveillèrent avec
plus de vivacité. « Et l'autre, » demanda-t-il ave
anxiété au frère.

« — L'autre avait expiré quand je suis arrivé. »

Cependant les avenues et les alentours du couvent étaient obstrués d'une foule curieuse de
peuple ; mais la garde, étant arrivée, dissipa le
rassemblement et se posta en embuscade à une

certaine distance des portes, de manière que personne ne pouvait sortir inaperçu. Un frère du mort, ses deux cousins et un vieil oncle vinrent, armés de pied en cap, accompagnés d'un grand nombre de *bravi*, faisant la ronde autour du couvent, et regardant d'un air menaçant les curieux, qui n'osaient pas leur dire, C'est bien fait, mais qui avaient cette pensée écrite sur leurs figures.

A peine Ludovico eut-il pu rassembler ses idées, qu'il appela un confesseur, le pria d'aller vers la veuve de Cristoforo pour lui demander, en son nom, pardon d'avoir été la cause, bien qu'involontaire, du malheur qui était arrivé, et lui donner en même temps l'assurance qu'il se chargeait de toute la famille. En pensant ensuite à sa position, il sentit renaître plus vif et plus sérieux que jamais le désir de se faire moine, désir qui plus d'une fois lui était venu en tête. Il lui sembla que Dieu lui-même l'avait mis sur la voie, et avait donné une manifestation de sa volonté en le faisant arriver en cette conjoncture dans un couvent; et le parti fut pris. Il fit appeler le gardien, et lui exposa ses desseins. Celui-ci lui répondit qu'il fallait bien se garder d'une détermination irréfléchie, mais que, s'il persistait, il n'essuierait pas de refus. Alors Ludovico manda un notaire, et fit donation de tout ce qui lui restait, et qui était encore très considérable, à la famille de Cristoforo; il donna une somme à la veuve, comme pour lui constituer une seconde dot, et le reste aux enfants.

La résolution de Ludovico venait fort à propos pour ses hôtes, qui, à cause de lui, étaient embarqués dans une belle intrigue. Le renvoyer du couvent, et l'exposer par là aux poursuites de la justice, c'est-à-dire à la vengeance de ses ennemis, ce n'était pas un parti à mettre en délibération. C'aurait été la même chose que de renoncer à ses propres privilèges, décréditer le couvent dans l'esprit de tout le peuple, s'attirer l'animadversion de tous les capucins de l'univers pour avoir laissé blesser les droits de tous, se mettre en querelle ouverte avec les autorités ecclésiastiques, qui se considéraient alors comme les tutrices du droit d'asyle. D'un autre côté, la famille du défunt, très puissante, forte de ses nombreuses adhérences, avait déclaré qu'elle tirerait vengeance de son injure, et tenait pour ennemi quiconque y voulait mettre obstacle. L'histoire ne dit pas qu'elle ressentît beaucoup de douleur de ce meurtre, ni qu'une seule larme eût été répandue en l'honneur du défunt dans toute la parenté; elle dit seulement qu'ils brûlaient tous d'avoir en leurs mains le meurtrier vif ou mort. Or celui-ci, en prenant l'habit de capucin, accommodait toute chose; il faisait, en quelque sorte, une amende honorable, il s'imposait une pénitence, il s'avouait implicitement coupable et se garait de tout. Les parents du mort pouvaient aussi, si cela leur plaisait, croire et publier qu'il s'était fait moine par désespoir et par crainte de leur colère. De toute manière, réduire un homme à se dépouiller de ses biens, à

e raser la tête, à cheminer nu-pieds, dormir
ur la paille et vivre d'aumônes, pouvait paraî-
re une punition suffisante, même à l'offensé le
lus exigeant. Le père gardien se présenta avec
une humilité adroite et cauteleuse devant le
frère du mort. Après mille protestations de
respect pour son illustre maison, et du désir
qu'avait le couvent de lui complaire en tout ce
qui serait praticable, il parla du repentir de Ludovico, et de la résolution qu'il avait prise, faisant finement sentir que la maison avait de quoi
être pleinement satisfaite; il insinua avec plus de
douceur et plus d'adresse encore que, soit que
cela lui plût ou non, la chose devait pourtant
aller ainsi. Le frère se répandit en injures, et le
capucin laissa passer le torrent en disant de temps
en temps : « C'est une trop juste douleur. » Il fit
entendre qu'en toute occasion sa famille avait su
tirer satisfaction d'une offense; et le capucin,
quoi qu'il en pût penser, se garda bien de dire le
contraire. Finalement il demanda, il imposa
comme une condition que le meurtrier de son
frère aurait à partir sur-le-champ de cette ville.
Le capucin, qui avait déjà délibéré d'agir ainsi,
dit qu'il le ferait, laissant croire à l'autre, qui
se complaisait dans cette pensée, que c'était un
acte de soumission, et tout fut conclu. La famille fut contente de se tirer de ce souci; contents les frères, qui sauvaient un homme et leurs
priviléges sans se faire aucun ennemi; contents
les amateurs de chevalerie, qui voyaient une affaire se terminer honorablement; content le peu-

ple, qui voyait sortir d'embarras un homme qu'il
aimait, et qui en même temps admirait une con-
version; content enfin, et plus que tout le monde, au milieu de sa douleur, notre Ludovico, de
commencer une vie d'expiation et d'esclavage
qui pouvait, sinon réparer, au moins racheter ses
erreurs, et émousser l'aiguillon poignant du remords. L'idée que sa détermination pouvait être
attribuée à la peur l'affligea un moment; mais
il se consola bientôt par l'idée que cette opinion
injuste serait un châtiment pour lui, et un moyen
d'expiation : ainsi, à trente ans, il se revêtit du
sac de capucin. Contraint, selon l'usage, de quit-
ter son nom et d'en prendre un autre, il en choisit un qui lui pût rappeler à tout moment ce qu'il
avait à expier, et il se nomma frère Cristoforo.

A peine la cérémonie de la prise d'habit eut-
elle été achevée, que le frère gardien lui intima
l'ordre d'aller faire son noviciat à ***, distant
de soixante milles, et de partir le lendemain. Le
novice s'inclina profondément, et demanda une
grâce. « Permettez, mon père, lui dit-il, avant
« de partir de cette ville, où j'ai répandu le
« sang d'un homme, où je laisse une famille
« cruellement offensée, que je répare au moins
« son injure, que je montre mon regret de ne
« pouvoir réparer sa perte, en demandant excuse
« au frère du défunt, et que je lui ôte, si Dieu
« y consent, la rancune du cœur. » Il parut au
frère gardien qu'une telle démarche, outre qu'elle
était bonne en soi, servirait à réconcilier toujours davantage la famille avec le couvent; et il

lla tout droit vers le seigneur frère pour lui ex-
oser la demande de fra Cristoforo. A une pro-
osition aussi inattendue, celui-ci, surpris d'a-
ord, sentit bientôt le courroux se réveiller en
on âme, mais un courroux mêlé pourtant de
ompassion. Après avoir réfléchi un instant,
« Qu'il vienne demain », dit-il, et il indiqua
'heure. Le gardien retourna porter au novice la
ermission tant désirée.

Le gentilhomme s'avisa aussitôt que, plus cette
soumission serait solennelle et bruyante, plus
on crédit croîtrait dans toute sa parenté et le
ublic; et que ce serait (pour m'exprimer avec
une formule d'élégance toute moderne) une belle
age dans l'histoire de la famille. Il fit savoir
en hâte à tous les parents qu'ils étaient priés de
venir le lendemain chez lui à l'heure de midi
our recevoir une satisfaction commune. A midi
le palais bourdonnait de seigneurs de tout âge
t de tout sexe; c'était un tournoiement, un
élange de grandes capes, de hautes plumes, un
retentissement à n'y pas tenir de durandals *
longues et pendantes, un mouvement perpétuel
de collerettes empesées et bien plissées, un
raînement embarrassé de simarres damassées.
es antichambres, la cour et la rue fourmil-
laient de laquais, de pages, de *bravi* et de cu-
ieux. Fra Cristoforo vit cet appareil; il en de-

* *Durlindane*, c'est le nom que l'Arioste donne à l'épée
e Roland.

vina le motif et éprouva un léger déplaisir
mais bientôt il se dit : C'est bien. Je l'ai tué e
public, en présence d'un grand nombre de ses er
nemis. Ce fut là le scandale ; ceci est la répara
tion. Ainsi, les yeux baissés vers la terre, cor
duit par le père compagnon, il passa par l
porte de la maison, et franchit la cour à traver
une foule qui le regardait avec une curiosité pe
respectueuse ; il monta les marches, et, au milie
d'une autre foule de gentilshommes qui s'ouvr.
pour lui donner passage, suivi de cent regards
il se trouva en présence du maître de la maisoi
Celui-ci, entouré de ses plus proches parent;
était debout au milieu de l'appartement, le r
gard fixé sur le parquet, la tête haute, la mai
gauche appuyée sur le pommeau de l'épée, c
serrant avec la droite le collet de sa cape sur .
poitrine.

Il y a quelquefois dans l'air et la contenan
d'un homme une expression si immédiate, qu'u
foule tout entière de spectateurs portera
même jugement sur les sentiments qui l'animen
L'air et la contenance de Cristoforo dit clair
ment à tous les assistants qu'il ne s'était pas fa
moine et qu'il ne venait pas subir cette hum
liation mû par une crainte humaine ; et cel
commença à lui concilier tous les esprits. Quan
il vit l'offensé, il doubla le pas, se jeta à s
pieds, croisa les mains sur la poitrine, et, rele
vant sa tête rase, il lui dit : « Je suis le meu
« trier de votre frère. Dieu sait si je voudra
« pouvoir vous le rendre au prix de tout mo

« sang; mais, ne pouvant que vous faire de vaines
« et tardives excuses; je vous supplie de les ac-
« cepter pour l'amour de Dieu. » Tous les yeux
étaient fixés, immobiles, sur le novice et sur le
personnage à qui il parlait; toutes les oreilles
étaient attentives. Quand fra Cristoforo se tut,
il s'éleva dans la salle un murmure de compassion et de respect. Le gentilhomme, qui était dans
une attitude de complaisance forcée et de colère
comprimée, fut troublé par ses paroles, et, se
tournant vers le suppliant : « Levez-vous, » dit-
il d'une voix altérée. « L'offense....; il est vrai
« que le fait....; mais l'habit que vous portez....,
« non seulement cela, mais encore à cause de
« vous.... Levez-vous, mon père..... Je ne le
« puis nier...., mon frère était.... un homme un
« peu prompt...., un peu vif; mais tout arrive
« par la volonté de Dieu. Qu'il n'en soit plus ques-
« tion..... Mais, mon père, vous ne devez pas
« rester dans cette attitude. » Et, l'ayant pris par
le bras, il le releva. Fra Cristoforo, debout, mais
la tête inclinée, reprit : « Je puis donc espérer
« que vous m'ayez accordé votre pardon! et si
« je l'obtiens de vous, de qui n'ai-je pas droit de
« l'espérer! Oh! si je pouvais entendre de votre
« bouche ces mots : Je vous pardonne!

« —Pardon? dit le gentilhomme, vous n'en
« avez plus besoin; mais toutefois, puisque vous
« le souhaitez, oui, oui, je vous pardonne du
« fond de mon âme, et tous....

« — Oui! tous, tous! » crièrent d'une voix
unanime les assistants. Le visage du moine s'ou-

vrit à une joie reconnaissante, sous laquelle perçait pourtant encore une humble et profonde compassion pour le mal que la rémission
des hommes ne pouvait pas réparer. Le gentilhomme, vaincu par cet aspect, ému de l'émo-
tion générale, jeta ses bras autour du cou de
Cristoforo, et lui donna et en reçut le baiser de
paix.

Un bravo ! bien ! s'échappa de toutes les
parties de la salle. Chacun quitta sa place et se
vint presser autour du père. Le gentilhomme
s'approcha de notre Cristoforo, qui faisait mine
de vouloir se retirer, et lui dit : « Mon père,
« acceptez quelques rafraîchissements ; donnez-
« moi cette preuve d'amitié. » Et il se mit en
devoir de le servir avant tous les autres.

« — Ces sortes de choses ne sont plus faites pour
« moi, » dit Cristoforo en résistant avec une
sorte de cordialité aux politesses du gentilhomme.
« Mais que le Ciel me préserve de refuser vos
« dons ! Je me vais mettre en voyage. Daignez
« me faire apporter un pain, afin que je puisse
« dire que j'ai joui de votre charité, que j'ai
« mangé de votre pain et obtenu une marque de
« votre pardon. » Le gentilhomme, touché jusqu'aux larmes, ordonna que cela se fît ainsi.
Aussitôt vint un majordome en grand costume,
portant un pain sur un bassin d'argent, et il le
présenta au père, qui, l'ayant pris, et ayant rendu
grâce, le mit dans sa corbeille. Il demanda ensuite la permission de se retirer, et, après avoir
embrassé de nouveau le maître de la maison, et

tous ceux qui, se trouvant plus près de lui, purent jouer un moment le rôle de maître, il parvint enfin à se dégager. Il eut à lutter dans les antichambres pour se tirer des laquais, et même des *bravi,* qui lui baisaient le bas de la robe, le cordon et le capuce ; et il se trouva dans la rue porté comme en triomphe et suivi d'un concours immense de peuple jusqu'à une porte de la ville par où il sortit, commençant son pédestre voyage vers le lieu où il devait faire son noviciat.

Le frère du défunt et la parenté, qui s'étaient apprêtés à savourer en ce jour la triste jouissance de l'orgueil satisfait, se trouvèrent au contraire pleins de la douce joie du pardon et de la bienveillance. La compagnie s'entretint quelque temps encore avec un sérénité et une cordialité insolites sur des matières auxquelles aucun d'eux ne s'était préparé en venant là. Au lieu de satisfactions reçues, d'insultes vengées, les louanges du novice, les douceurs de la réconciliation et de la mansuétude furent les thèmes de la conversation. Tel qui, pour la cinquantième fois, aurait raconté comment le comte Muzio son père avait su, en cette fameuse conjoncture, mettre à la raison le marquis Stanislao, ce rodomont que chacun sait, parla au contraire de la pénitence et de la patience admirables d'un frère Simon, mort depuis longues années. La compagnie s'étant retirée, le maître, encore tout ému, s'émerveillait en se rappelant tout ce qu'il avait entendu et tout ce que lui-même avait dit ; puis il murmurait entre ses dents: « Diable de capucin! » (il faut bien que nous transcrivions fidèlement ses paroles) « diable de « capucin, s'il était resté encore quelques mo- « ments à mes pieds, je crois que j'allais lui de- « mander pardon de ce qu'il m'a tué mon frère. » Notre histoire note expressément qu'à dater de ce jour il fut un peu moins emporté et un peu plus traitable.

Le père Cristoforo cheminait avec une consolation qu'il n'avait pas éprouvée depuis ce jour terrible, ce jour que toute sa vie devait être consacrée à expier. Le silence était prescrit aux novices, et il observait sans peine cette loi, absorbé qu'il était par la pensée des fatigues, des privations et des humiliations qu'il avait essuyées pour racheter sa faute. S'étant arrêté à l'heure de la réfection chez un bienfaiteur, il mangea avec une espèce de volupté du pain du pardon; mais il en épargna un morceau et le remit dans la corbeille pour le garder comme un souvenir éternel.

Notre dessein n'est pas de faire l'histoire de sa vie claustrale. Nous dirons seulement que, remplissant toujours avec grand plaisir et grand soin les devoirs qui lui étaient prescrits de prêcher et d'assister les moribonds, il ne laissait jamais échapper une occasion de concilier les différents et de protéger les opprimés, devoirs qu'il s'était imposés lui-même. Dans ce penchant entrait, sans qu'il s'en doutât, un peu de ses anciennes habitudes, et un reste de cet esprit guerrier que les humiliations et les macérations

n'avaient pu entièrement effacer. Son langage
était ordinairement calme et humble ; mais
quand il s'agissait de justice ou de vérité com-
battue, il s'animait aussitôt de son ancienne im-
pétuosité, qui, modifiée et mêlée d'une emphase solennelle qui lui venait de l'habitude de
la chaire, donnait à son langage un caractère
singulier. Tout son maintien comme son aspect annonçait une longue lutte entre un naturel bouillant, impétueux, et une volonté contraire, habituellement victorieuse, toujours sur ses
gardes et dirigée par des inspirations et des motifs supérieurs. Un sien confrère et ami, qui le
connaissait bien, l'avait comparé un jour à ces
paroles trop expressives dans leur forme origi-
nelle, que certaines personnes, fort bien élevées
d'ailleurs, quand elles se laissent emporter par la
passion, prononcent à moitié, en changeant quelques lettres ; paroles qui, sous cette métamor-
phose, font pourtant souvenir de leur primitive
énergie.

Si une pauvre inconnue, dans le triste cas de
Lucia, avait demandé l'aide du père Cristoforo,
il serait accouru immédiatement ; mais comme
il s'agissait de Lucia, il accourut avec d'autant
plus de sollicitude qu'il connaissait et admirait
l'innocence de cette jeune fille. Il avait déjà
tremblé pour les périls qu'elle courait, et éprouvé
une vive indignation pour la sale persécution dont
elle était devenue l'objet. A tout cela se joignait l'i-
dée que, lui ayant conseillé pour le mieux de ne
s'inquiéter de rien et de se tenir tranquille, il

craignait maintenant que le conseil ne pût avoir
produit quelque fâcheux effet; et à la sollicitude
chrétienne, qui en lui était comme native, se joignait encore ce tourment du scrupule qui s'attaque même aux bons.

Mais pendant que nous avons été à raconter
l'histoire du père Cristoforo, il est arrivé et a
paru sur le seuil de la porte. Les femmes, laissant le manche du dévidoir qu'elles faisaient
tourner et crier entre leurs mains, se sont levées disant ensemble : « Ah! père Cristoforo!
« soyez béni! »

CHAPITRE V.

Le père Cristoforo s'arrêta debout sur le seuil, et à peine eut-il jeté un regard sur les dames, qu'il s'aperçut que ses pressentiments n'étaient pas trompeurs. Puis, de ce ton d'interrogation qui va à l'encontre d'une triste réponse, levant la tête avec un léger mouvement en arrière, il dit : « Eh bien ? » Lucia répondit par un déluge de pleurs. La mère commençait à faire des excuses pour avoir osé.... ; mais il s'avança, s'assit sur une petite table à trois pieds, et coupa court à toutes les excuses en disant à Lucia : « Calmez-« vous, pauvre enfant. Et vous, dit-il en-« suite à Agnese, contez-moi ce dont il est ques-« tion. » Pendant que la bonne femme faisait du mieux qu'elle pouvait son triste récit, le frère devenait de mille couleurs, et tantôt il levait les yeux vers le ciel, tantôt il frappait du pied la terre. L'histoire terminée, il couvrit son visage de ses deux mains et s'écria : « O Dieu « béni ! jusques à quand.... » Mais, sans achever la phrase, revenant aux deux femmes : « Infor-« tunées, dit-il, Dieu vous a visitées. Pauvre « Lucia ! »

« —Vous ne nous abandonnerez pas, mon
« père, » dit Lucia en sanglotant.

« —Vous abandonner! grand Dieu! Et de
« quel front oserais-je lui demander quelque
« chose pour moi quand je vous aurais aban-
« données, vous en cet état! vous qu'il me con-
« fie! Ne perdez pas courage, il vous assistera;
« il voit tout; il peut se servir aussi d'un homme
« de rien comme moi pour confondre un....
« Voyons, songeons à ce que l'on peut faire. »

Il dit, puis il appuya le coude gauche sur son
genou, mit son front dans la paume de sa main,
et avec la droite il serra sa barbe et son menton
comme pour tenir fermes et unies toutes les puis-
sances de l'esprit. Mais la considération la plus
attentive ne servait qu'à lui faire voir distinctement combien le cas était pressant et embarrassé, combien les moyens étaient faibles, in-
certains et dangereux. « Faire honte à don Ab-
« bondio et lui faire sentir combien il manque à
« son devoir? Honte et devoir ne sont rien pour
« lui quand il a peur. Lui faire peur à mon tour?
« Quel moyen ai-je, moi, de lui faire une peur
« plus forte que celle qu'il a d'une escopette?
« Instruire de tout le cardinal archevêque, et in-
« voquer son autorité? Cela demande du temps.
« Et en attendant? et ensuite? Et quand bien
« même cette malheureuse innocente serait épou-
« se, serait-ce un frein pour cet homme....? Qui
« sait jusqu'où il peut aller! Lui résister? Et com-
« ment? Ah! si je pouvais, pensa le pauvre frère,
« si je pouvais tirer à moi mes frères d'ici, ceux de

« Milan ! Mais ce n'est pas une affaire qui inté-
« resse la communauté ; je serais abandonné. Cet
« homme fait l'ami du couvent ; il se donne pour
« partisan des capucins, et ses satellites ne sont
« pas venus plus d'une fois se réclamer de nou
« Je me trouverais seul en danse ; je me ferai,
« traiter de brouillon, d'intrigant, de querelleur ;
« et, ce qui est bien plus, je pourrais peut-être
« aussi, avec une tentative hors de saison, rendre
« pire la condition de cette malheureuse. » Ayant
balancé le pour et le contre de l'un et de l'autre
parti, le meilleur lui parut d'aller droit vers
don Rodrigo lui-même, de tenter de le détourner de son infâme dessein par des prières, par
les terreurs de l'autre vie et même de celle-ci,
si c'était possible. En mettant les choses au pis,
il pourrait au moins connaître plus clairement
par cette voie combien don Rodrigo était obstiné à sa brutale entreprise, découvrir quelque
chose de plus de ses intentions, et se régler là-
dessus.

Tandis que le frère était ainsi à méditer,
Renzo, qui, pour des raisons que chacun devine,
ne pouvait rester loin de cette maison, avait
paru à la porte ; mais, voyant le père absorbé
dans ses réflexions, et les femmes qui lui faisaient
signe de ne pas le troubler, il se tenait en silence sur le seuil. Le frère, en levant la tête
pour communiquer son dessein aux femmes,
l'aperçut enfin, et le salua d'une manière qui
exprimait une affection accoutumée que la compassion rendait encore plus expansive.

« On vous a dit......., mon père? » lui de-
mandia Renzo d'une voix émue.

« — Que trop, et c'est pour cela que je suis ici.

« — Que dites-vous de ce scélérat?

« — Que veux-tu que j'en dise? Il n'est pas ici,
« de quoi serviraient mes discours? Je te dis à
« toi, mon cher Renzo, de te confier en Dieu;
« et Dieu ne t'abandonnera pas.

« — Vos paroles sont bénies! s'écria le jeune
« homme. Vous n'êtes pas de ceux qui donnent
« toujours tort aux pauvres gens. Mais le seigneur
« curé et ce seigneur docteur....

« — A quoi bon rappeler ce qui ne peut ser-
« vir qu'à te tourmenter inutilement? Je suis un
« pauvre frère; mais je te répète ce que j'ai dit à
« ces dames : tout petit que je suis, je ne vous
« abandonnerai pas.

« — Oh! vous n'êtes pas, vous, comme les amis
« du monde! Les trompeurs! Qui l'aurait cru,
« après les protestations qu'ils me faisaient au
« bon temps? Eh! eh! ils étaient prêts à don-
« ner leur sang pour moi; ils m'auraient soutenu
« contre le diable. Si j'avais eu un ennemi......,
« je n'avais qu'à parler : il n'aurait pas mangé
« long-temps du pain. Et maintenant, si vous
« voyiez comme ils se tirent à l'écart....... » Ici
l'orateur leva les yeux sur celui qui l'écoutait; il
vit que son visage s'était tout obscurci, et il s'a-
perçut qu'il avait dit une sottise. Mais, voulant la
réparer, il allait s'embarrassant et s'embrouillant
toujours. « Je voulais dire..., je n'entends point...,
« c'est cela, je voulais dire.....

« — Que voulais-tu dire? Eh quoi! tu avais
« donc commencé à gâter l'œuvre avant qu'elle
« ne fût entreprise? C'est heureux pour toi que tu
« aies été désabusé à temps. Quoi! tu allais à la re-
« cherche d'amis... Quels amis!... qui même en
« te voulant secourir ne l'auraient pas pu! Et tu
« cherches à perdre le seul qui le puisse et le
« veuille! Ne sais-tu pas que Dieu est l'ami des
« affligés qui se confient en lui? Ne sais-tu pas que
« le faible ne gagne jamais à jouer des mains? et
« quand pourtant..... » Ici il serra fortement le
bras de Renzo; son aspect, sans perdre en autorité, s'anima d'une componction solennelle,
ses yeux se baissèrent, sa voix devint lente et
comme souterraine : « Et quand il le fait, c'est
« un terrible gain!... Renzo! veux-tu te confier
« en moi? Que dis-je en moi, pauvre créature,
« humble frère! veux-tu te confier en Dieu?

« — Oh oui! répondit Renzo: celui-là est vrai-
« ment le Seigneur.

« — Eh bien! promets-moi que tu n'affronte-
« ras, que tu ne provoqueras personne, que tu te
« laisseras guider par moi.

« — Je le promets. »

Lucia poussa un grand soupir, comme si on
l'eût soulagée d'un grand poids, et Agnese dit :
« Bien, mon fils.

« — Ecoutez, mes enfants, reprit le père Cris-
« toforo, j'irai aujourd'hui parler à cet homme.
« Si Dieu touche son cœur et donne de la force à
« mes paroles, tout ira pour le mieux; sinon il
« nous fera trouver quelque autre remède. Vous,

5.

« en attendant, restez en repos, tenez-vous à
« l'écart, évitez de parler, ne vous montrez pas.
« Ce soir, ou demain matin au plus tard ; vous
« me reverrez. » Cela dit, il coupa court à tous
les remercîments et à toutes les bénédictions, et
partit. Il se dirigea vers le couvent, arriva assez
à temps pour aller chanter des psaumes au chœur,
dîna, et se mit aussitôt en route pour la tanière
de la bête féroce qu'il avait à apprivoiser.

Le château de don Rodrigo s'élevait isolé, à
l'instar d'une forteresse, sur la cîme de l'un des
pics dont cette chaîne est hérissée de toute part.
A cette indication l'anonyme ajoute que le site
(il aurait mieux fait d'en dire tout bonnement
le nom) était plus au-delà du village des fiancés,
distant de celui-ci d'environ trois milles, et quatre
du couvent. A la naissance du pic, du côté qui regarde le lac, était un petit amas de chaumières
habitées par les vassaux de don Rodrigo, et c'était
là comme la petite capitale de son petit royaume.
Il suffisait d'y passer pour être au fait de la condition et des habitudes des villageois. En jetant un
coup d'œil sur les salles du rez-de-chaussée, là
où quelque porte était ouverte, on voyait suspendus pêle-mêle aux murs des arquebuses, des
bêches, des rateaux, des chapeaux de paille, des
réseaux et des poches à poudre. On ne rencontrait que des hommes robustes et bien bâtis, dont
un grand toupet couvrait le front enfermé dans
un réseau ; des vieillards qui, ayant perdu leurs
défenses, semblaient toujours prêts à mordre
avec leurs gencives qui les aurait à peine provo-

qués ; des femmes avec des traits masculins et des
bras nerveux bons à venir, à la première occasion, au secours de la langue ; même dans les
dehors et les mouvements des enfants qui jouaient
dans le chemin ; il perçait je ne sais quel air décidé et provocateur.

Frère Cristoforo traversa le village, gravit un
petit sentier en colimaçon, et parvint à une petite esplanade devant le château. La porte en
était fermée : c'était signe que le maître était
à dîner et ne voulait pas être dérangé. Les rares
et petites fenêtres qui donnaient sur la route,
fermées par des poteaux mal joints et qui tom-
baient de vétusté, étaient pourtant défendues par
de gros ferrements, et celles du rez-de-chaussée
étaient si élevées qu'un homme monté sur les
épaules d'un autre aurait eu de la peine à y atteindre. Il régnait là un grand silence : un passant aurait pu croire que c'était une demeure
abandonnée, si quatre créatures, deux vivantes
et deux mortes, postées symétriquement au dehors, n'avaient donné un indice d'habitants.
Deux grands vautours suspendus par la tête, les
ailes largement ouvertes, l'un dépouillé de plumes et à demi consumé par le temps, l'autre encore intact et tout emplumé, étaient cloués chacun sur l'un des poteaux du portail ; et deux
bravi, étendus de tout leur long sur l'un des bancs
posés à droite et à gauche, faisaient la garde,
attendant d'être appelés à partager les reliefs de
la table du seigneur. Le père s'arrêta tout court,
dans l'attitude de quelqu'un qui se dispose à at-

tendre; mais l'un des *bravi* se leva et lui dit :
« Père, père, avancez ; ici l'on ne fait point at-
« tendre les capucins ; nous sommes les amis du
« couvent. Je me suis trouvé dans de certains
« moments où l'air de la rue n'était pas trop bon
« pour moi, et si vous m'aviez tenu la porte fer-
« mée, mes affaires seraient allées assez mal. »
En parlant ainsi il frappa deux coups de marteau.
A ce bruit répondirent aussitôt de l'intérieur les
aboiements et les cris des dogues et des épagneuls.
Après quelques instants, un vieux serviteur arriva en grommelant ; mais dès qu'il eut vu le
père, il lui fit une grande révérence, apaisa les
chiens du geste et de la voix, introduisit Cristoforo dans une cour étroite, et referma la porte.
L'ayant ensuite conduit dans une petite salle, et
le regardant d'un air surpris et respectueux, il
lui dit : « N'êtes-vous pas... le père Cristoforo de
« Pascarenico ?

« — Justement.

« — Vous ici !

« — Comme vous voyez, mon brave homme.

« — Ce sera pour faire du bien. Le bien, »
continua-t-il en murmurant entre ses dents et se
remettant à marcher, « se peut faire partout. » Ils
traversèrent ensemble deux ou trois petites salles
obscures, et arrivèrent à la porte de celle du fes-
tin. Il régnait là un grand fracas confus de four-
chettes, de couteaux, de gobelets, de plats d'é-
tain, et surtout de voix discordantes qui cherchaient à l'envi à se surpasser. Le frère voulait
se retirer, et restait sur la porte en discutant avec

le domestique pour obtenir d'être laissé dans quelque recoin de la maison jusqu'à ce que le diner fût achevé et que la porte s'ouvrît. Un certain comte Attilio, qui était assis en regard (c'était un cousin du maître de la maison, et nous en avons déjà fait mention sans le nommer), ayant vu une tête rase et un froc, et s'étant aperçu de l'intention modeste du bon père, « Eh! eh! « cria-t-il, vous ne vous échapperez pas, révé- « rend père. Approchez, approchez. » Don Rodrigo, par je ne sais quel pressentiment confus, se serait fort bien passé de cette visite, dont il ne devinait pas précisément le motif; mais puisque l'étourdi d'Attilio l'avait déjà appelé à haute voix, il ne lui convenait pas de le désavouer, et il dit : « Venez, mon père, venez. » Celui-ci s'avança, saluant le maître, et répondit des deux ains aux saluts des convives.

On se plaît généralement (je ne dis pas tout le onde) à se figurer l'homme honnête en face u méchant, le front levé, le regard assuré, le cœur fier et la parole hardie. Dans le fait, ce endant, pour lui faire prendre cette attitude, l faut un tel concours de circonstances, qu'il est ien rare qu'elles se rencontrent toutes en même mps. C'est pourquoi ne vous étonnez pas si le rère Cristoforo, avec le bon témoignage de sa nscience, l'intime persuasion de la justice de cause qu'il venait soutenir, avec un sentiment élé d'horreur et de compassion pour don Rorigo, demeura avec un certain air de timidité de soumission à l'aspect de ce même don Ro-

drigo qui était devant lui assis, dans sa maison,
dans son royaume, entouré d'hommages et des
insignes de la puissance, avec un air à faire mourir une demande dans la bouche de qui que ce
fût, encore bien que cette demande ne fût ni un
conseil, ni une admonition, ni un reproche. A
sa droite siégeait ce comte Attilio, son cousin,
et, s'il est besoin de le dire, son compagnon de
débauches et de brigandages : il était venu de
Milan pour passer quelques jours à la campagne
avec lui. A gauche, et à un autre côté de la table, était, avec un grand respect, tempéré pourtant d'une certaine assurance et d'une certaine
présomption, monsieur le podestat, le même à
qui, en théorie, il aurait échu de rendre justice
à Renzo Tramaglino, et d'appliquer à don Rodrigo une de ces bonnes peines portées par le
ordonnances. En face du podestat, dans l'attitud
du respect le plus profond et le plus pur, siégeai
notre docteur Azzecca-Garbugli, en cape noire
et le nez plus rubicond que de coutume.
Vis-à-vis les cousins, deux convives obscur
dont notre histoire ne dit rien, sinon qu'il
ne faisaient que manger, incliner la tête, sou
rire, et approuver tout ce que disait un con
vive, quand il n'était pas contredit par u
autre.

« Donnez un siége au père, » dit don Rodrig
Un valet présenta un pliant, et le père Cristofor
s'y assit en faisant quelques excuses au seigneu
d'être venu dans un moment si inopportun. «
« désirerais de vous parler seul à seul pour u

« affaire d'importance, » dit-il ensuite à voix basse à l'oreille de don Rodrigo.

« — Bien, bien, nous en parlerons, répondit « celui-ci; mais, en attendant, qu'on donne à « boire au père. »

Le père voulait s'en excuser; mais don Rodrigo, levant la voix au milieu du tapage qui avait recommencé, criait : « Non, morbleu! vous ne me « ferez pas cet affront. Il ne sera pas dit qu'un « capucin sorte de cette maison sans avoir goûté « de mon vin, ni un créancier insolent sans avoir « tâté du bois de mes forêts. » Ces mots furent suivis d'un éclat de rire général, et interrompirent un moment la question qui s'agitait chaudement parmi les convives. Un valet apporta sur un bassin d'argent une fiole de vin, et un long gobelet en forme de calice qu'il présenta au père. Celui-ci, n'osant pas résister à une invitation si pressante de l'homme qu'il avait tant besoin de se rendre favorable, n'hésita pas à verser, et se mit à boire lentement.

« L'autorité du Tasse ne sert pas votre opinion, « seigneur podestat révéré; elle est même contre « vous, » reprit en hurlant le comte Attilio; « parce que cet homme érudit, ce grand hom- « me, qui savait sur le bout du doigt toutes les « règles de la chevalerie, a fait que le messager « d'Argant, avant de porter le défi aux cheva- « liers chrétiens, en demanda licence au pieux « Godefroy de Bouillon....

« — Mais c'est, » répliquait le podestat en ne hurlant pas moins, « c'est un hors-d'œuvre, un

« pur hors-d'œuvre, un ornement poétique, puis-
« que le messager est inviolable de sa nature, par
« le droit des gens, *jure gentium;* et, sans aller
« chercher si loin, le proverbe le dit aussi : Am-
« bassadeur ne porte pas peine ; et les proverbes,
« seigneur comte, sont la sagesse des nations. Le
« messager n'ayant rien dit de son chef, mais seu-
« lement présenté le cartel par écrit...

« —Mais quand voudrez-vous comprendre que
« ce messager était un âne téméraire, qui ne con-
« naissait pas les premières.....

« — Avec la permission de leurs seigneuries, »
interrompit don Rodrigo, qui n'aurait pas voulu
que la discussion allât trop loin, « remettons-
« nous-en au père Cristoforo, et conformons-nous
« à sa sentence.

« — Bien, très bien, » dit le comte Attilio, à
qui il parut très plaisant de faire décider par un
capucin une question de chevalerie, pendant que
le podestat, plus obstiné de cœur à la question,
se taisait au même instant et avec un léger dédain qui semblait dire : « Pauvres petits jeunes
« gens !

« — Mais, d'après ce que je crois avoir com-
« pris, dit le frère, ce ne sont pas des choses de
« ma compétence.

« — Excuses accoutumées de la modestie des
« pères, dit don Rodrigo ; mais vous ne m'échap-
« perez pas. Eh allons donc ! nous savons bien qu
« vous n'êtes pas venu au monde avec le capu
« chon sur la tête, et que le monde vous a connu.
« Allons ! allons ! Voici la question.

« — Voici le fait, » commença à crier le comte
Attilio.

« — Laissez-moi dire, à moi qui suis neutre,
« cousin, reprit don Rodrigo. Voici l'histoire : Un
« chevalier espagnol envoie un cartel à un che-
« valier milanais ; le porteur, ne trouvant pas le
« provoqué chez lui, remet le cartel à un frère
« du chevalier ; ce frère lit le cartel, et pour ré-
« ponse donne quelques coups de bâton au por-
« teur. On agite la question de savoir si....

« — Bien donnés, bien appliqués, cria le comte
« Attilio. Ce fut une vraie inspiration.....

« — Du démon ! reprit le podestat. Battre un
« ambassadeur ! une personne sacrée ! Vous aussi,
« mon père, vous me pourrez dire si c'est là une
« action de chevalier.

« — Oui, monsieur, de chevalier, cria le comte ;
« et vous pouvez vous en rapporter à moi, qui
« me dois connaître en ce qui regarde un cheva-
« lier. Oh ! si c'avait été des coups de poing, c'au-
« rait été une autre affaire. Mais le bâton ne sa-
« lit les mains de personne. Ce que je ne puis con-
« cevoir, c'est que vous vous intéressiez tant aux
« épaules d'un drôle.....

« — Qui a jamais parlé d'épaules, seigneur
« comte ? Vous me faites dire des choses qui n'ont
« jamais passé par ma tête. J'ai parlé du carac-
« tère, et non des épaules. Je parle surtout des
« lois de la chevalerie. Dites-moi un peu, de
« grâce, si les hérauts que les anciens Romains
« envoyaient porter leurs défis aux autres peu-
« ples demandaient la liberté d'exposer le su-

« jet de leur ambassade ; et trouvez-moi un peu
« un auteur qui fasse mention qu'un héraut ait
« jamais été bastonné.

« — Qu'ont à faire ici les *héros* des anciens
« romains ? C'étaient des gens qui allaient à la
« bonne mode, et qui, dans ces sortes de choses,
« étaient furieusement arriérés. Mais, selon les
« lois de la chevalerie moderne, qui est la vraie,
« je dis et je soutiens qu'un messager qui s'avise
« de remettre son cartel aux mains d'un cheva-
« lier avant de lui en avoir demandé la permis-
« sion est un insolent, violable, extrêmement
« violable, bastonnable, on ne peut plus baston-
« nable....

« — Répondez un peu à ce syllogisme.

« — Ce n'est rien, ce n'est rien, rien.

« — Mais écoutez, écoutez, écoutez. Frapper
« un homme sans armes est un acte de trahison.
« *Atqui* le messager, *de quo* était sans armes.
« *Ergo*....

« — Doucement, doucement, seigneur po-
« destat.

« — Comment doucement ?

« — Doucement, vous dis-je. Que me venez
« vous chanter ? C'est un acte de trahison que d
« frapper quelqu'un par-derrière avec l'épée, o
« lui lâcher un coup d'escopette dans le dos ; e
« encore pour cela il se peut présenter certai
« cas.... Mais restons dans la question. J'accord
« que cela peut être généralement réputé pou
« un acte de trahison. Mais appliquer quatre
« coups de bâton à un drôle ! il ferait beau voi

« qu'on fût obligé de lui dire : Gare au bâton !
« comme on dirait à un galant homme : En garde !
« —Et vous, respectable seigneur docteur, au lieu
« de me faire des mines et de me sourire pour me
« donner à entendre que vous êtes de mon avis,
« que ne soutenez-vous mes raisons avec votre lan-
« gue, qui est si bien pendue, pour m'aider à faire
« entrer la raison dans la tête de ce seigneur ?

« — Moi..., » répondit le docteur un peu confus ; « je jouis de cette savante dispute, et je
« rends grâce à l'heureux accident qui a donné
« naissance à une guerre d'esprit aussi gracieuse.
« D'ailleurs, ce n'est point à moi de prononcer :
« sa seigneurie illustrissime a déjà délégué un
« juge.... Voilà le père....

« — C'est vrai, dit don Rodrigo ; mais com-
« ment voulez-vous que le juge parle quand les
« plaideurs ne veulent pas se taire ?

« —Je suis muet, » dit le comte Attilio. Le podestat fit signe aussi qu'il se taisait.

« Ah ! enfin ! A vous, père, » dit don Rodrigo avec un sérieux demi-railleur.

« — Je me suis déjà excusé en disant que je
« ne m'y entends pas, » répondit le père Cristoforo en rendant le gobelet au valet.

« — Mauvaises excuses ! crièrent les deux cou-
« sins. Nous voulons la sentence.

« — Puisqu'il en est ainsi, reprit le frère, mon
« humble avis serait qu'il n'y eût ni cartels, ni
« messagers, ni bastonnades. »

Les convives se regardèrent l'un l'autre tout
étonnés.

« Oh ! celle-là est pommée ! dit le comte Atti-
« lio. Pardonnez-moi, père; mais elle est pom-
« mée. On voit que vous ne connaissez pas le
« monde.

« — Lui ? dit don Rodrigo. Ah! ah! il le con-
« naît quand il veut, cousin. N'est-il pas vrai,
« père? Dites, dites, si vous n'avez pas fait vos
« caravanes? »

Au lieu de répondre à cette bienveillante in-
terpellation, le père se dit en secret : « Voilà qui
« te touche. Mais souviens-toi bien, frère, que tu
« n'es point ici pour toi-même, et que tu ne dois
« point tenir compte de ce qui ne regarde que
« toi.

« — C'est possible, dit le cousin. Mais le père...
« comment se nomme le père?

« — Père Cristoforo, » répondit plus d'un convive.

« — Mais, père Cristoforo, mon révérend maî-
« tre, avec vos maximes vous mettriez le monde
« sens dessus dessous. Sans défis! sans bastonna-
« des! adieu le point d'honneur; impunité pour
« tous les insolents. De bonne foi, la supposition
« est impossible.

« — A vous, docteur, » dit aussitôt don Rodrigo,
qui voulait rendre toujours plus divertissante la
dispute des deux premiers adversaires, « à vous
« qui, pour donner raison à tout le monde, êtes
« un homme sans égal. Voyons un peu comment
« vous ferez pour donner raison en ceci au père
« Cristoforo.

« — En vérité, » répondit le docteur en brandissant sa fourchette et en se tournant vers le père ; « en vérité je ne puis comprendre comment « le père Cristoforo, qui est en même temps hom- « me du monde et religieux accompli, ne s'est « pas aperçu que son avis, bon, excellent même, « et de juste poids en chaire, ne vaut rien, soit « dit avec tout le respect qu'on lui doit, dans une « discussion de chevalerie. Mais le père sait mieux « que moi que chaque chose est bonne en son « lieu, et je crois que cette fois il a voulu se tirer, « par une plaisanterie, de l'embarras de porter « la sentence. »

Que pouvait-on répondre à des raisonnements déduits d'une sagesse aussi ancienne et toujours nouvelle? rien ; et c'est ce que fit notre capucin.

Mais don Rodrigo, pour mettre fin à cette question, en mit une autre sur le tapis. « A pro- « pos, dit-il, j'ai ouï dire qu'il courait à Milan « des bruits d'accommodement. »

Le lecteur sait qu'en cette année on combat- tait pour la succession du duché de Mantoue. A la mort de Vincent de Gonzague, qui n'avait pas laissé d'enfant mâle, ce duché était entré en la possession du duc de Nevers, son plus pro- che parent. Louis XIII, ou soit le cardinal de Richelieu, voulait le soutenir, parce qu'il était son favori et naturalisé Français. Philippe IV, ou soit le comte d'Olivarès, communément appelé le comte-duc, ne voulait pas de lui par les mêmes raisons, et il lui avait suscité une guerre. Ensuite, comme ce duché était feudataire de l'Empire, les deux partis employaient toutes sortes de

menées, d'instances et de menaces auprès de
l'empereur Ferdinand II, le premier pour qu'il
donnât l'investiture au nouveau duc, le second
pour qu'il la lui refusât, et même qu'il l'aidât à
le chasser de cet état.

« Je ne suis pas éloigné de croire, dit le comte
« Attilio, que les choses peuvent s'arranger. J'ai
« certaines raisons....

« — N'en croyez rien, seigneur comte, n'en
« croyez rien, interrompit le podestat. Sur ce
« point je puis savoir les choses, parce que le
« seigneur châtelain espagnol, qui a la bonté de
« me vouloir un peu de bien, et qui est fils d'un
« laquais du comte-duc, est informé de toute
« chose....

« — Je vous dis qu'il m'arrive tous les jours à
« Milan de parler avec des personnages bien au-
« trement élevés; et je tiens de bonne source
« que le pape, intéressé comme il l'est à la paix,
« a fait des propositions....

« — Cela doit être ainsi; la chose est en règle;
« Sa Sainteté fait son devoir. Un pape doit tou-
« jours mettre bien entre eux les princes chré-
« tiens; mais le comte-duc a sa politique, et....

« — Et, et, et, savez-vous, monsieur, quelle
« est en ce moment la pensée de l'empereur?
« Croyez-vous qu'il n'y ait que Mantoue au monde?
« Les choses à prévoir sont nombreuses, mon-
« sieur. Savez-vous, par exemple, jusqu'à quel
« point l'empereur peut se confier en ce moment
« à son prince de Valdistano ou de Vallistai,
« comme on l'appelle; et si....

« — Le vrai nom en langue allemande, inter-
« rompit encore le podestat, c'est Valliensteino,
« monsieur, ainsi que je l'ai entendu prononcer
‹ plus d'une fois par notre seigneur châtelain, qui
‹ est Espagnol. Mais rassurez-vous cependant :
« le.....

« — Voulez-vous m'apprendre, par hasard.... »
it vivement le comte; mais don Rodrigo, le
poussant du genoux, le pria, pour l'amour de lui,
de cesser de contredire. Celui-ci se tut, et le podestat, comme un navire dégagé d'un banc de
sable, continua à voiles déployées le cours de
son éloquence : « Valliensteino me donne peu de
« souci, parce que le comte-duc a l'œil à tout et
« partout; et si Valliensteino veut faire la mau-
« vaise tête, on saura bien le faire marcher
« droit avec de bonnes ou de mauvaises raisons.
« Il a l'œil sur tout, vous dis-je, et le bras long;
« et s'il a fixé ce clou en sa tête, comme il l'a
« fixé, et avec juste raison, le grand politique
« qu'il est, que le seigneur duc de Nivers ne
« mette pas les pieds à Mantoue, le seigneur
« duc de Nivers ne les y mettra pas; et le sei-
« gneur cardinal de Richiliou aura fait un trou
« dans l'eau. Il me donne pourtant envie de
« rire, ce cher seigneur cardinal, qui veut lut-
« ter contre un comte-duc, contre un Olivarès.
« Sur mon honneur, je voudrais renaître d'ici à
« deux cents ans pour voir ce que dira la posté-
« rité de cette belle prétention. Il faut autre
« chose que l'envie; il faut de la tête, et des
« têtes comme celle d'un comte-duc, il n'y en a

« qu'une au monde. Le comte-duc, mes bons sei-
« gneurs, » poursuivait le podestat, toujours l(
vent en poupe, et un peu surpris lui-même d(
ne pas rencontrer un écueil; « le comte-du(
« est un vieux renard, parlant avec le respec!
« qu'on lui doit, qui ferait perdre la piste à qu
« que ce soit; et quand il incline à droite, or
« peut être sûr qu'il battra à gauche : de là vien
« que personne ne peut jamais se vanter de con-
« naître ses desseins; et ceux même qui les doi-
« vent exécuter, ceux même qui écrivent le:
« dépêches, n'y comprennent rien. J'en peu:
« parler avec quelque connaissance de cause.
« parce que le brave homme de seigneur châte-
« lain daigne m'entretenir avec quelque inti-
« mité. Le comte-duc, au contraire, sait de
« point en point ce qui bout dans la marmite
« des autres cours; et tous ces fameux politiques,
« parmi lesquels il y en a de très habiles, on ne
« le peut nier, ont à peine imaginé un dessein,
« que le comte-duc vous l'a déjà deviné avec sa
« bonne tête, avec ses embûches secrètes, avec
« ses fils tendus de toute part. Ce pauvre homme
« de cardinal de Richiliou sonde par ici, flaire
« par là, sue, s'industrie; et pourquoi? Quand
« il a réussi à creuser une mine, il trouve que la
« contre-mine est déjà belle et bien faite par le
« comte-duc.... »

Dieu sait quand le podestat aurait pris terre;
mais don Rodrigo, stimulé par l'air de souffrance
de son cousin, fit signe à un valet d'aller chercher un certain flacon.

« Seigneur Podestat, dit don Rodrigo, et vous,
« messieurs, un toast au comte-duc, et vous me
« saurez dire ensuite si le vin est digne du per-
« sonnage. » Le podestat répondit par une inclination à travers laquelle perçait un sentiment
de reconnaissance particulière, parce qu'il tenait
comme fait pour lui tout ce qui se faisait ou se
disait en l'honneur du comte-duc.

« Vive mille ans don Gaspard Gusman, comte
« d'Olivarès, duc de San-Lucar, grand *privé* du
« roi don Philippe-le-Grand, notre seigneur! »
dit-il en haussant le gobelet.

Privé, pour qui ne le saurait, était l'expression alors en usage pour dire le favori d'un roi.

« Qu'il vive mille ans! répondirent-ils
tous.

« — Servez le père, dit don Rodrigo.

« — Excusez-moi. J'ai déjà fait une débauche,
« et je ne pourrais...

« — Comment! on porte un toast au comte-
« duc : voulez-vous faire croire que vous tenez
« pour les Navarrois? »

C'était le nom qu'on donnait alors par mépris
aux Français, à cause des princes de Navarre qui
avaient commencé avec Henri IV à régner sur
eux.

A une telle menace, il fallait boire. Tous les
convives se répandirent en exclamations et en
éloges du vin, hors le docteur, qui, par ses
ouvements de tête, ses clignements d'yeux,
es lèvres serrées, s'exprimait beaucoup mieux

qu'il ne l'aurait pu faire avec des paroles.

« Hein ! qu'en dites-vous, docteur ? » demanda don Rodrigo.

Tirant hors du gobelet un nez que ce vin venait de rendre plus vermeil et plus reluisant, le docteur répondit, en appuyant avec emphase sur chaque syllabe : « Je dis, j'estime, j'opine que ce « vin est l'Olivarès des vins. *Censui, et in eam ivi* « *sententiam*, qu'une liqueur semblable ne se « trouverait pas dans les vingt-deux royaumes « du roi notre maître, que Dieu veuille garder. « Je déclare et je tiens que les repas de l'illus- « trissime seigneur don Rodrigo surpassent les « festins d'Héliogabale, et que la disette est ban- « nie à jamais de ce palais, où règne et siége la « magnificence. »

« Bien dit ! bien jugé ! » crièrent les convives. Mais ce mot de disette, que le docteur avait jeté par hasard, tourna au même instant tous les esprits vers ce triste sujet, et tous s'entretinrent de la disette. Là ils étaient tous, ou presque tous, d'accord ; mais le tapage était peut-être encore plus grand que s'ils avaient été d'avis contraires ; tous parlaient à la fois. — « Il n'y a pas de disette, disait l'un, ce sont les accapareurs...

« — Et les boulangers, disait un autre, qui « cachent les grains. Il les faut pendre.

« — C'est bien dit, il les faut pendre, sans miséricorde.

« — De bons procès, criait le podestat.

« — Quels procès ? criait plus fort le comte Atti-

« lio-justice sommaire ! Il faut empoigner trois,
« ou quatre, ou cinq, ou six de ceux que la voix
« publique signale comme les plus riches et les
« plus chiens, et les pendre.

« — Des exemples ! des exemples ! Sans exemples on ne fait rien.

« Les pendre ! les pendre ! et le grain pleuvra
« de toutes parts. »

Qui, en passant par une foire, a joui de la
douce harmonie que fait une troupe de bate-
leurs, lorsque, entre une sonate et l'autre, chacun
accorde son instrument, en le faisant crier tant
qu'il peut, afin de l'entendre distinctement au
milieu du tintamarre des autres, peut avoir une
idée de la mélodie de ces discours, si l'on peut y
donner ce nom. On sablait cet excellent vin ; ses
louanges venaient, comme de raison, entremê-
lées de sentences de jurisprudence économique,
de sorte qu'on n'entendait guère que ces mots,
mbroisie et pendre.

Cependant don Rodrigo jetait de temps en
emps ses regards sur le frère, et il le voyait tou-
ours impassible ; qui ne donnait aucune marque
l'impatience ou de hâte, qui ne faisait aucun signe
ui tendît à rappeler qu'il était à attendre, mais
outefois avec l'air de ne point s'en vouloir aller
vant d'avoir été entendu. Il l'aurait volontiers
voyé promener sans l'entendre ; mais congé-
ier un capucin en refusant de lui donner au-
ience n'était pas selon les règles de la politique.
uisqu'il ne pouvait échapper à cet ennui, il
solut de l'affronter, et de s'en délivrer au plus

vite. Il se leva de table, et avec lui toute la troupe rubiconde, sans cesser de crier. Après en avoir demandé la permission à ses hôtes, il s'approcha d'un air contenu du frère, qui s'était levé avec les autres, et lui dit : « Je suis à vos ordres, père, » et il le conduisit avec lui dans une autre pièce.

CHAPITRE VI.

« Qu'y a-t-il pour votre service ? » dit don
Rodrigo en restant debout au milieu de l'appartement. Telles furent ses paroles; mais le ton
avec lequel ils les prononça disait clairement :
« Fais bien attention à qui tu parles, pèse tes ex-
« pressions et sois bref. »

Il n'y avait pas de moyen plus sûr et plus
prompt de donner de la hardiesse à notre frère
Cristoforo que de l'apostropher par des propos
impertinents. Lui qui, jusqu'ici, était entrepris,
cherchait ses expressions et faisait courir entre
ses doigts les grains du rosaire qu'il portait à la
ceinture, comme s'il avait espoir d'y trouver son
exorde, à ce dédain de don Rodrigo se sentit
aussitôt venir sur les lèvres plus de choses qu'il
n'était nécessaire; mais pensant aussitôt combien
il était important de ne pas gâter ses affaires,
ou, ce qui était bien plus grave, les affaires d'autrui, il corrigea et tempéra les phrases qui s'é-
taient présentées à son esprit, et dit avec une
humilité circonspecte : « Je vous viens proposer
« un acte de justice, vous supplier d'un acte de
« charité. Certaines gens mal famés ont mis en

« avant le nom de votre seigneurie illustrissime
« pour effrayer un pauvre curé et le détourner
« d'accomplir son devoir, et pour tourmenter
« deux innocents. Votre seigneurie peut d'un
« mot confondre ces hommes, remettre tout en
« ordre, et rendre la paix à ceux à qui l'on a
« fait un si grand dommage. Elle le peut, et dès
« lors la conscience, l'honneur....

« — Vous me parlerez de ma conscience quand
« je jugerai convenable de vous demander con-
« seil là-dessus. Quant à mon honneur, vous de-
« vez savoir que j'en suis le seul gardien, et que
« je regarde comme un téméraire qui l'offense
« quiconque s'avise de vouloir partager ce soin
« avec moi. »

Averti par ces mots que le seigneur cherchait
à l'amener à s'oublier lui-même, pour changer
l'entretien en dispute et ne pas lui donner lieu
d'en venir à ses fins, fra Cristoforo s'appliqua
d'autant plus à la patience, résolut de ne pas
prendre garde à tout ce qu'il plairait à l'autre
de dire, et répondit aussitôt d'un air soumis :
« Si j'ai dit quelque chose qui vous ait déplu, as-
« surément c'est contre mon intention. Repre-
« nez-moi, châtiez-moi, si je ne sais point parler
« comme il convient ; mais daignez m'écouter.
« Pour l'amour du Ciel, pour ce Dieu devant
« qui nous devons tous comparaître.... » En disant ces mots il avait pris entre ses mains et il
mettait devant les yeux de son auditeur, qui fron-
çait les sourcils de rage, la croix de bois pendue
à son rosaire. « Ne vous obstinez pas à refuser

« une justice si facile et qui est due à de pauvres
« gens. Pensez que Dieu a les yeux toujours sur
« eux, et qu'en-haut leurs prières sont écoutées.
« L'innocence est puissante à son....

« — Eh! père! interrompit brusquement don
« Rodrigo, le respect que je porte à votre habit
« est grand ; mais si quelque chose pouvait me
« le faire oublier, ce serait de le voir sur le dos
« d'un homme qui a l'audace de venir jouer
« chez moi le rôle d'espion. »

Ce mot fit monter une flamme subite sur les
joues du frère ; mais, avec l'air d'un malade qui
avale une médecine bien amère, il reprit : « Je
« ne crois pas qu'un tel titre me puisse conve-
« nir. Vous sentez bien vous-même que la dé-
« marche que je fais maintenant n'est ni vile,
« ni méprisable. Ecoutez-moi, seigneur don Ro-
« drigo, et fasse le Ciel qu'un jour ne vienne
« pas où vous vous repentiez de ne m'avoir pas
« écouté. Ne mettez pas votre gloire...., quelle
« gloire, seigneur don Rodrigo! quelle gloire
« aux yeux des hommes! et devant Dieu! Vous
« pouvez beaucoup ici-bas ; mais....

« — Vous savez, » dit don Rodrigo, l'inter-
rompant avec humeur, mais non sans quelque
frisson de terreur ; « vous savez que, lorsqu'il me
« prend fantaisie d'entendre un sermon, je sais
« très bien aller à l'église, ainsi que tout le
« monde. Mais dans ma propre maison! oh! -
« continua-t-il avec une ironie forcée : vous me
« traitez pour bien plus que je ne suis. Un prédi-

« cateur dans ma maison ! Il n'y a que les prin-
« ces qui en aient.

« — Et ce Dieu qui demande compte aux prin-
« ces de la parole qu'il leur fait entendre dans
« leurs palais, ce Dieu qui vous donne mainte-
« nant un signe de sa miséricorde en envoyant
« un de ses ministres, indigne et misérable sans
« doute, mais son ministre, pour vous sup-
« plier en faveur d'une innocente.…

« — Pour en finir, père, » dit don Rodrigo en
allant pour partir, « je ne sais ce que vous vou-
« lez dire ; je n'y comprends rien, sinon que ce
« doit être quelque jeune fille qui vous inté-
« resse beaucoup. Allez faire vos confidences à
« qui elles peuvent plaire, et ne prenez plus la
« licence d'en venir ennuyer un gentilhomme. »

Au mouvement de don Rodrigo, le frère s'é-
tait mis à marcher. Il se plaça respectueusement
devant lui, et, les mains levées comme pour l'implorer et pour continuer l'entretien : « Elle
« m'intéresse, il est vrai, répondit-il ; mais vous
« m'intéressez autant qu'elle. Ce sont deux âmes
« qui, réunies, m'intéressent bien plus que ma
« vie. Don Rodrigo ! je ne puis faire autre chose
« pour vous que de prier Dieu ; mais je le ferai
« du fond de mon cœur. Ne me refusez pas ; ne
« retenez pas dans les angoisses et dans la ter-
« reur une pauvre innocente. Un mot de vous
« peut tout faire.…

« — Eh bien ! dit don Rodrigo, puisque vous
« croyez que je peux faire beaucoup pour cette

« personne, puisque cette personne vous tient
« tant au cœur....

« — Eh bien? » reprit d'un air d'anxiété le
père Cristoforo, à qui le ton et le maintien de
don Rodrigo ne permettaient pas de s'abandonner à l'espérance que semblaient annoncer ses
paroles.

« — Eh bien! conseillez-lui de se venir mettre
« sous ma protection. Il ne lui manquera rien,
« et personne n'osera l'inquiéter, ou je suis in-
« digne d'être chevalier. »

L'indignation du frère, réprimée jusque alors
à grand'peine, éclata à cette réponse. Tous ses
beaux projets de prudence et de patience s'éva-
nouirent; le vieil homme se trouva d'accord
avec le nouveau, et dans de telles circonstances
fra Cristoforo en valait assurément deux. « Votre
« protection! » s'écria-t-il, reculant de deux
pas, se posant fièrement sur le pied droit, mettant la main droite sur la hanche, levant la
gauche avec l'index tendu vers don Rodrigo, et
lui plantant sur la face deux yeux enflammés;
« votre protection! Il est heureux que vous ayez
« parlé ainsi, que vous m'ayez fait une telle pro-
« position. Vous avez comblé la mesure, et je ne
« vous crains plus.

« — Comment parles-tu, frère?

« — Je parle comme on parle à qui est aban-
« donné de Dieu, à qui ne peut plus faire peur.
« Votre protection! Je savais bien que cette in-
« nocente était sous la protection de Dieu; mais
« vous me le faites sentir maintenant avec tant

6.

« de certitude que je n'ai plus besoin de ména-
« gement pour vous en parler. Lucia, dis-je,
« c'est de Lucia que je parle. Voyez comme je
« prononce ce nom, la tête haute et les yeux
« immobiles!

« — Comment! dans ma maison....!

« — J'ai pitié de cette maison : la malédiction
« y plane et s'y appesantit. Pensez-vous que la
« justice divine reculera devant quatre pierres
« et quatre brigands armés? Vous avez cru que
« Dieu avait fait une créature à son image pour
« vous donner le plaisir de la tourmenter! Vous
« avez cru que Dieu ne saurait pas la défendre!
« Vous avez dédaigné ses avertissements! Vous
« vous êtes jugé. Le cœur de Pharaon était en-
« durci comme le vôtre, et Dieu a su le briser.
« Lucia est à l'abri de votre puissance : c'est moi
« qui vous le dis, moi pauvre frère. Et quant
« à vous, écoutez bien ce que je vous prédis : un
« jour viendra.... »

Don Rodrigo était jusque alors resté entre la
rage et l'étonnement, ne pouvant pas trouver
une parole; mais quand il entendit la prédiction
tonner sur sa tête, une secrète et mystérieuse
épouvante se joignit à la colère. Il arrêta subi-
tement cette main menaçante, et, levant la voix
pour couper celle qui faisait la terrible prophétie,
il s'écria : « Otez-vous de devant mes yeux, vil
« manant, lâche encapuchonné. »

Ces paroles si précises apaisèrent en un moment le père Cristoforo. A l'idée de l'injure et
du mépris était depuis long-temps si étroite-

ment liée dans son esprit l'idée de la souffrance
et du silence, qu'à ce compliment sa colère et
son enthousiasme tombèrent; et il ne lui resta
plus d'autre résolution que d'écouter tranquillement ce qu'il plairait à don Rodrigo d'y ajouter. Alors il retira paisiblement sa main des
serres du gentilhomme, baissa la tête, et resta
immobile, comme, au tomber du vent, au fort de
la tempête, un arbre antique baisse naturelle-
ment ses rameaux et reçoit la grêle comme le
ciel l'envoie.

« Fieffé manant, poursuivit don Rodrigo, tu
« t'exprimes comme tes pareils. Mais remercie le
« sac qui couvre tes épaules de gueux, et te sauve
« des caresses qu'on fait à ceux qui te ressemblent
« pour leur enseigner à parler. Pour cette fois,
« sors avec tes jambes, je te le permets; à l'ave-
« nir nous verrons. »

Cela dit, il ouvrit d'un air impérieux et mé-
prisant une porte opposée à celle par où ils étaient
entrés. Le père Cristoforo inclina la tête, et sortit, laissant don Rodrigo mesurer à pas pressés le
champ de bataille.

Quand le frère eut fermé la porte sur lui, il
vit dans l'autre pièce où il entrait un homme
marcher doucement, doucement, le long du mur,
comme pour n'être pas aperçu de la salle où
l'entretien avait eu lieu, et il reconnut le vieux
serviteur qui l'était venu recevoir à la porte de
la rue. Cet homme servait depuis quarante ans
dans cette maison, c'est-à-dire avant que don
Rodrigo ne fût né; il était entré au service du

père, qui avait été un tout autre homme. Lui mort, le nouveau maître mit dehors toute la valetaille, et fit une nouvelle maison ; mais il retint pourtant ce serviteur, qui, bien que déjà vieux, et d'humeur et d'habitudes toutes différentes des siennes, rachetait pourtant ce défaut par deux qualités, une haute estime pour la dignité de la maison, et une grande pratique de l'étiquette, dont il connaissait mieux que tout autre les plus anciennes traditions et les particularités les plus minutieuses. En face du seigneur, le pauvre vieillard ne se serait jamais hasardé jusqu'à laisser voir ni exprimer sa désapprobation sur les scènes dont il était chaque jour témoin ; c'est à peine si en présence de ses camarades de service il laissait échapper à demi - voix quelque exclamation ou quelque reproche. Ceux-ci s'en amusaient, et le mettaient souvent sur la voie pour le provoquer à faire son sermon et à chanter les louanges de l'ancienne manière de vivre. Ses censures n'arrivaient jamais aux oreilles du maître qu'assaisonnées des plaisanteries qu'on en avait faites, de manière qu'elles étaient pour lui un sujet de divertissement sans courroux. Mais aux jours de réception le vieillard devenait un personnage sérieux et d'importance.

Le père Cristoforo, le voyant passer, le salua, et il continua son chemin ; mais le vieillard l'aborda d'un air de mystère, mit l'index sur sa bouche, puis, avec le même doigt, lui fit signe comme pour l'inviter à entrer avec lui dans une allée obscure. Arrivé là, il lui dit à voix basse :

« Mon père, j'ai tout entendu, et j'ai besoin de
« vous parler.

« — Dites, dites, mon brave homme.

« — Ici, non. Malheur à moi si le patron s'a-
« perçoit.... Mais je pourrai savoir beaucoup de
« choses, et je tâcherai d'aller demain au cou-
« vent.

« — Il y a donc quelque projet?

« — Il y a quelque chose en campagne, c'est
« sûr. J'ai déjà pu m'en apercevoir ; mais mainte-
« nant j'aurai l'œil au guet, et je saurai tout.
« Laissez-moi faire. Je suis désespéré de voir
« et d'entendre des choses..., des choses damnées !
« Je suis dans une maison....! mais je voudrais
« sauver mon âme. »

« — Que Dieu vous bénisse ! » Et en proférant
ces mots à voix basse, le frère posa la main
sur la tête du serviteur, qui, bien qu'il fût beaucoup plus âgé que lui, se tenait courbé devant
lui comme un enfant. « Dieu vous récompensera,
« poursuivit le frère. Ne manquez pas de venir
« demain.

« — Je verrai, répondit le serviteur. Mais par-
« tez vite, et......, au nom du Ciel...., ne me
« trahissez pas..... » Cela dit, il regarda derrière
lui, et entra par l'autre issue de l'allée dans un
petit salon qui donnait sur la cour. Ayant vu le
champ libre, il appela le bon frère pour le faire
sortir. L'air de celui-ci répondit aux dernières
paroles du vieillard plus clairement que des protestations ne l'auraient pu faire. Le serviteur lui

ouvrit la porte, et lui, sans faire aucun autre
mouvement, partit.

Ce domestique avait écouté à la porte de son
maître. Avait-il bien fait ? Frère Cristoforo fai-
sait-il bien à son tour de l'en louer ? Selon les
règles les plus ordinaires et les plus généralement
reçues, c'était une action très déshonnête ; mais
ce cas ne pouvait-il pas être considéré comme une
exception ? et n'y a-t-il pas des exceptions aux
règles les plus absolues ?

Ce sont des questions que le lecteur peut résoudre, s'il en a envie. Quant à nous, nous ne pré-
tendons pas donner notre avis : c'est déjà bien
assez d'avoir des faits à raconter.

Arrivé sur la route, et après avoir tourné le
dos à cette caverne, fra Cristoforo respira plus
librement. Il s'achemina en hâte vers la descente,
le visage tout enflammé, ému et agité, comme
chacun peut l'imaginer, pour ce qu'il avait entendu et pour ce qu'il avait dit. Mais cette rencontre inattendue du serviteur, le parti qu'il en
pouvait tirer, lui fut un grand sujet de joie ; il
lui semblait que le Ciel lui avait donné un signe
visible de sa protection. « Voilà un fil, pensait-
« il, un fil que la Providence met entre mes
« mains ; et dans cette maison même ! et sans que
« je pensasse à l'y chercher ! » Tout en y son-
geant, il leva les yeux vers l'occident, et il vit
le soleil tombant qui déjà touchait à la cîme de
la montagne, et il pensa qu'il restait bien peu
de jour. Alors, quoique les divers assauts de la

journée l'eussent accablé de fatigue, et qu'il sentît ses membres brisés, il pressa encore plus sa marche, afin de porter un avis, quel qu'il fût, à ses protégés, et arriver ensuite au couvent avant la nuit, car c'était une des lois les plus absolues et les plus sévèrement exécutées du code capucinien.

Cependant dans la chaumière de Lucia on avait mis en campagne des projets dont il convient d'informer le lecteur. Au départ du frère, les trois personnages restés seuls avaient gardé quelque temps le silence. Lucia apprêtait tristement le dîner; Renzo, entre ces deux femmes, s'agitait à chaque instant pour s'ôter de devant les yeux le spectacle de l'affliction de Lucia, et toutefois il ne pouvait pas s'en détacher; Agnese n'était occupée en apparence que du dévidoir qu'elle faisait tourner, mais elle était à mûrir une pensée, et quand elle lui parut mûre elle rompit le silence en ces termes :

« Ecoutez, enfants! Si vous voulez avoir du « cœur et de l'adresse autant qu'il en faut, si vous « voulez vous confier à votre mère, » (ce *votre* fit tressaillir Lucia) « je m'engage à vous tirer « de ce pas mieux peut-être et plus vite que « le père Cristoforo, bien que chacun sache quel « homme est ce père. » Lucia s'arrêta et la regarda d'un air qui exprimait plus d'étonnement que de confiance pour une promesse si magnifique; et Renzo dit aussitôt : « Du cœur, de l'a-« dresse? Dites, dites, que peut-on faire? »

« — N'est-il pas vrai, poursuivit Agnese, que, « si vous étiez mariés, ce serait déjà une belle

« avance, et qu'on trouverait plus aisément re-
« mède à tout le reste?

« — Qui en doute? dit Renzo. Mariés que nous
« serions....., tout vous est pays ; et à deux pas
« d'ici, passé Bergame, celui qui travaille la soie
« est reçu à bras ouverts. Vous savez combien de
« fois Bortolo, mon cousin, m'a fait solliciter
« d'aller rester avec lui, où je ferais ma fortune
« comme il l'a faite ; et si j'ai toujours fait la
« sourde oreille, c'est.... que sert de le dire? c'est
« que mon cœur était ici. Une fois mariés, on y
« va tous ensemble, on fait maison là-bas, on vit
« en sainte paix, hors des griffes de ce brigand,
« loin de la tentation de faire quelque mauvais
« coup. N'est-il pas vrai, Lucia?

« — Oui, dit Lucia. Mais comment?

« — Comme j'ai dit, moi, reprit Agnese. Cœur
« et finesse, et la chose est facile.

« — Facile! » dirent ensemble les deux fiancés,
pour qui la chose était devenue si étrangement
et si douloureusement difficile.

« — Facile, en sachant bien s'y prendre, ré-
« pliqua Agnese. Ecoutez-moi bien, je tâcherai
« de vous le faire comprendre. J'ai ouï dire par
« des gens qui s'y entendaient, et j'en ai même
« vu un dans ce cas, que, pour faire un mariage,
« il faut bien un curé ; mais il n'est pas nécessaire
« qu'il y consente, il suffit qu'il y soit.

« — Comment cela? demanda Renzo.

« — Ecoutez et vous comprendrez. Il faut avoir
« deux témoins bien agiles et bien d'accord. On
« va vers le prêtre. L'essentiel c'est de le prendre

« à temps, qu'il n'ait pas le temps d'échapper.
« L'homme dit, Seigneur curé, celle-ci est ma
« femme; la femme dit, Seigneur curé, celui-ci
« est mon mari. Il faut seulement que le curé
« entende, que les témoins entendent, et le ma-
« riage est bel et bon, et sacré comme s'il avait
« été béni par le pape. Quand ces mots sont dits,
« le curé peut enrager, trépigner, faire le dia-
« ble; tout cela n'y fait rien : vous êtes mari et
« femme.

« — Est-ce possible!.... s'écria Lucia.

« — Comment! dit Agnese, ne serait-ce pas
« une chose à voir que, dans les trente ans que je
« suis venue au monde avant vous, je n'eusse rien
« appris. La chose est telle que je vous le dis. A
« telle enseigne qu'une amie à moi, qui voulait
« épouser quelqu'un contre la volonté de ses pa-
« rents, en faisant ainsi obtint ce qu'elle désirait.
« Le curé, qui en avait vent, se tenait sur ses
« gardes; mais les deux témoins surent si bien
« mener leur barque, qu'ils arrivèrent dans un
« moment favorable, dirent les paroles, furent
« mari et femme, bien que la pauvre petite s'en
« repentît au bout de trois mois. »

Il est de fait que la chose était telle que le disait Agnese. Les mariages contractés de cette manière étaient alors et furent jusqu'à nos jours
tenus pour valides. Toutefois, comme on ne re-
courait à un tel expédient que lorsqu'on avait
trouvé quelque obstacle ou quelque refus dans les
voies ordinaires, les prêtres mettaient tous leurs
soins à échapper à cette coopération forcée; et

quand un d'eux venait à être surpris par un de
ces couples accompagnés de témoins, il tentait
tous les moyens possibles de lui échapper, comme
Protée des mains de ceux qui le voulaient faire
prophétiser par force.

« Si c'était vrai, Lucia ! » dit Renzo en la regardant d'un air d'attente suppliante.

« — Comment ! si c'était vrai ! reprit Agnese.
« Vous aussi, vous croyez que je dis des menson-
« ges. Je me tourmente pour vous, et je ne suis pas
« crue. C'est bon, c'est bon. Tirez-vous d'embarras
« comme vous pourrez : je m'en lave les mains.

« — Oh non ! ne nous abandonnez pas, dit
« Renzo. Je parle ainsi parce que la chose me
« paraît trop belle. Mon sort est entre vos mains ;
« je vous considère comme si vous étiez vraiment
« ma mère. »

Ces mots firent évanouir la colère instantanée
d'Agnese, et oublier une résolution qui, en vérité,
n'était qu'un mot.

« — Mais pourquoi donc, maman, » dit Lucia
avec sa contenance modeste, « pourquoi ce
« moyen n'est-il pas venu à l'esprit du père Cris-
« toforo ? »

« — A l'esprit ? répondit Agnese. Que sais-tu
« s'il ne lui est pas venu à l'esprit ! Mais il n'aura
« pas voulu en parler.

« — Pourquoi ? » demandèrent en même temps
les deux jeunes gens.

« — Parce que..... parce que, puisque vous le
« voulez savoir, les religieux disent que c'est une
« chose qui n'est pas bien.

« — Comment se peut-il faire que ce ne soit
« pas bien, et que ce soit bien fait quand c'est
« fait? dit Renzo.

« — Que voulez-vous que je vous dise, moi?
« répondit Agnese. Ils ont fait la loi, les autres,
« comme ils l'ont voulu; et nous autres pauvres
« gens nous n'y pouvons rien comprendre. Et puis,
« combien de choses...... Voici : c'est comme de
« se laisser aller à donner un coup de poing à un
« chrétien, ce n'est pas bien; mais, quand vous
« le lui avez donné, personne ne le lui peut ôter,
« pas même le pape.

« — Si c'est une chose qui n'est pas bien, dit
« Lucia, il ne la faut pas faire.

« — Quoi! dit Agnese. Je te voudrais peut-être
« donner un avis contre la crainte du bon Dieu!
« Si c'était contre le gré de tes parents, pour
« épouser un mauvais sujet...; mais ce mariage
« me doit faire plaisir, et c'est pour épouser ce
« cher enfant. C'est un scélérat qui cause tout ce
« trouble, et le seigneur curé.....

« — C'est clair comme le jour, dit Renzo.

« — Il n'en faut pas parler au père Cristoforo
« avant d'avoir fait la chose, poursuivit Agnese;
« mais, faite qu'elle sera, et bien faite, que pen-
« ses-tu que te dise le père? — Ah! petite fille!
« c'est une grande équipée; vous me l'avez faite.
« — Les religieux doivent parler ainsi; mais sois
« sûre qu'au fond du cœur il en sera content, lui
« aussi. »

Lucia, sans trouver que répondre à ce raison-
nement, ne semblait pourtant pas trop convain-

cue; mais Renzo, tout joyeux, dit : « Puisqu'il
« en est ainsi, c'est chose faite.

« — Doucement, dit Agnese. Et les témoins ?
« et le moyen d'arriver jusqu'au curé, qui, de-
« puis deux jours, se tient enfermé chez lui ? Et
« comment le faire rester là ? car, bien qu'il soit
« lourd de sa nature, je vous puis assurer qu'en
« vous voyant paraître en telle occurence il de-
« viendra leste comme un chat, et il cherchera
« à s'échapper comme le diable de l'eau bénite.

« — J'ai trouvé le moyen, moi ; je l'ai trouvé, »
dit Renzo, frappant du poing sur la table avec
une telle force qu'il fit danser les assiettes préparées pour le dîner. Et aussitôt il exposa son
projet, qu'Agnese approuva en tout point.

« Ce sont des subtilités, dit Lucia, ce ne sont
« pas des choses claires. Jusqu'ici nous avons agi
« sincèrement ; allons jusqu'à la fin avec la même
« bonne foi, et Dieu nous aidera. Le père Cris-
« toforo l'a dit. Écoutons ses avis.

« — Laisse-toi guider par qui en sait plus que
« toi, dit Agnese d'un air grave. Qu'est-il besoin
« de demander des avis ? Dieu dit : Aide-toi, je
« t'aiderai. Nous raconterons tout au père quand
« tout sera fait.

« — Lucia, dit Renzo, voulez-vous mainte-
« nant me manquer ? N'avons-nous pas tout fait
« en bons chrétiens ? Ne devrions-nous pas être
« déjà mari et femme ? Le curé n'avait-il pas
« fixé le jour et l'heure ? A qui la faute si nous
« sommes forcés maintenant de nous aider d'un
« peu d'adresse ? Non, vous ne me manquerez

« pas. Je vais et je reviens avec la réponse. »
Et, saluant Lucia d'un air suppliant, Agnese d'un
air d'intelligence, il partit en hâte.

La persécution, on a coutume de le dire,
donne de l'esprit. Renzo, qui, dans le sentier
droit et uni de la vie qu'il avait parcouru jusque
alors, n'avait jamais eu occasion d'exercer
le sien, avait, dans cette circonstance, imaginé
un moyen qui aurait fait honneur à un jurisconsulte. Il alla en droiture, ainsi qu'il l'avait projeté, à la chaumière d'un certain Tonio, qui
était voisine de la sienne. Il le trouva dans la
cuisine, le genou appuyé sur le marche-pied du
foyer, qui tenait à la main la queue d'un pot sur
les cendres chaudes, et tournait avec une petite
cuillère recourbée une *polenta* de sarrasin. La
mère, un frère, la femme de Tonio, étaient assis
autour de la table; et trois ou quatre petits enfants debout, autour, attendaient, les yeux fixés
sur le pot, que le moment vînt de le vider. Mais
il n'y avait pas là cette allégresse que la vue du
dîner a coutume de donner à qui l'a gagné par
son travail. La quantité de *polenta* était en raison du temps; et non pas du nombre et du désir
des convives; chacun d'eux regardait avec des
yeux louches de convoitise et de colère la pitance
commune, et semblait penser à la portion d'appétit qui lui devait rester. Tandis que Renzo
échangeait ses saluts avec la famille, Tonio
renversa la *polenta* sur le plat de bois qui était
préparé pour la recevoir, et elle sembla une petite lune dans un grand cercle de vapeurs.

Néanmoins les femmes dirent poliment à Renzo :
« Voulez-vous qu'on vous en serve ? » compliment que les paysans de Lombardie ne manquent
jamais de faire à qui les trouve à manger, l'invité
fût-il un riche gourmand qui sortît à l'instant
de table, et le paysan en fût-il à son dernier
morceau.

« Je vous rends grâce, répondit Renzo : je
« venais seulement pour dire un mot à Tonio ; et
« si tu veux, Tonio, pour ne pas déranger tes
« dames, nous pouvons aller dîner à l'auberge,
« et nous parlerons. » La proposition fut d'autant plus agréable à Tonio qu'elle était moins
attendue, et les femmes ne virent pas sans plaisir un concurrent, et le plus formidable, se retirer du partage de la *polenta*. Le convié ne
s'arrêta pour demander son reste, et il partit
avec Renzo.

Arrivés à l'auberge du village, assis tout à
leur aise dans une solitude parfaite, car la misère avait chassé tous les habitués de ce lieu de
délices, ayant demandé le peu qui s'y trouvait
et fait apporter une bouteille de vin, Renzo,
d'un air de mystère, dit à Tonio : « Si tu
« me veux rendre un petit service, je t'en ren-
« drai un grand.

« Parle, parle, demande, répondit Tonio en
« se versant à boire : aujourd'hui je me mettrais
« au feu pour toi.

« — Tu dois vingt-cinq livres au seigneur curé
« pour le fermage de son champ que tu as tra-
« vaillé l'an passé.

« — Ah ! Renzo ! Renzo ! tu me gâtes le bien-
« fait. Que viens-tu me rappeler là ? Tu m'as
« coupé la satisfaction.

« — Si je te parle de cette dette, dit Renzo,
« c'est parce que, si tu y consens, je te veux
« donner les moyens de la payer.

« — Dis-tu vrai ?

« — Vrai. Eh ! serais-tu content ?

« — Content ? Par Diane, si je serais content !
« Quand ce ne serait que pour ne plus voir ces
« grimaces et ces signes de tête que me fait le
« seigneur curé toutes les fois que nous nous
« rencontrons ! C'est toujours des , Tonio, rap-
« pelez-vous ; Tonio, quand vous verra-t-on
« pour cette affaire ? A tel point que, quand, étant
« en chaire, il fixe les yeux sur moi, j'ai toujours
« peur qu'il ne vienne à me dire en public : Eh
« bien ! ces vingt-cinq livres ?.... Que maudites
« soient les vingt-cinq livres ! Et puis il aurait
« à me rendre le collier d'or de ma femme, dont
« je changerais la valeur en autant de *polenta ;*
« mais....

« — Mais , mais, si tu me veux rendre un petit
« service, les vingt-cinq livres sont prêtes.

« — Dis vite.

« — Mais.... ! » dit Renzo en faisant une croix
avec sa bouche et son index.

« — Est-ce qu'il est besoin de cela ? Tu me
« connais.

« — Le seigneur curé va mettant en avant de
« mauvaises raisons pour traîner mon mariage
« en longueur, et je me voudrais dépêcher. On

« m'a dit pour sûr que deux fiancés, en allant
« devant lui avec deux témoins, et moi lui di-
« sant, Voilà ma femme; et Lucia, Voilà mon
« mari, le mariage est bel et bien fait. M'as-tu
« compris?

«—Tu veux que j'y aille pour te servir de
« témoin?

«—C'est cela.

«—Et tu paieras pour moi les vingt-cinq
« livres?

«—Je l'entends ainsi.

«—Gueux qui se dédit.

«—Mais il faut trouver un autre témoin.

«—Je l'ai trouvé. Mon pauvre diable de frère
« Gervaso fera tout ce que je lui dirai. Lui
« paieras-tu à boire?

«—Et à manger, répondit Renzo; nous le
« mènerons ici pour se divertir avec nous. Mais
« saura-t-il faire?

«—Je le lui apprendrai. Tu sais bien que j'ai
« eu aussi sa part de cervelle.

«—Demain.

«—Bien.

«—A la brune.

«—Très bien.

«—Mais.....! » dit Renzo, en mettant encore
« l'index sur ses lèvres.

«—Bah!.... » répondit Tonio, en inclinant
la tête sur l'épaule droite, et levant la main
gauche avec un air qui disait : Tu me fais tort.

«—Mais si ta femme te demande, comme
« sans aucun doute elle te demandera.....

« — Je suis en reste de mensonges avec ma
« femme, tant, mais tant, que je ne sais pas si
« je pourrai jamais solder le compte. Je trouve-
« rai quelque sornette pour lui mettre la tête
« en repos.

« — Demain matin, dit Renzo, nous nous en-
« tendrons mieux pour bien faire aller la chose. »

Là-dessus ils sortirent de l'auberge. Tonio s'a-
chemina vers sa maison en cherchant quelle
baie il donnerait aux femmes, et Renzo pour
rendre compte des mesures qu'il avait prises.

Dans cet intervalle, Agnese s'était en vain
épuisée en raisonnements pour persuader sa fille.
Celle-ci allait opposant à chaque phrase ou l'une
ou l'autre partie de son dilemme : ou c'est une mauvaise action, et alors on ne la doit pas faire ; ou
elle ne l'est pas, et alors pourquoi ne la pas
communiquer au père Cristoforo ?

Renzo arriva tout triomphant ; il fit son rapport, et il le termina par un *han?* exclamation
milanaise qui répond à : Suis-je ou non un
homme, moi ? pouvait-on mieux trouver ? en
auriez-vous eu l'idée ? et cent choses semblables.

Lucia secouait doucement la tête ; mais les
deux échauffés n'y prenaient pas garde, ainsi
qu'on a coutume de faire pour un enfant que
l'on désespère de persuader, mais que l'on amè-
nera ensuite par des prières ou par autorité à ce
qu'on veut de lui.

« Cela va bien, dit Agnese, cela va bien ;
« mais.... vous n'avez pas pensé à tout.

« — Qu'y manque-t-il ? répondit Renzo.

« — Et Perpetua ? Vous n'avez pas pensé à
« Perpetua. Elle laissera bien entrer Tonio et
« son frère ; mais vous ! vous deux ! pensez-y
« donc ! Elle doit avoir ordre de vous tenir plus
« loin du curé qu'un petit enfant d'un poirier
« qui a des fruits murs.

« — Comment ferons-nous ? » dit Renzo, entrant en souci.

« — Voyons, j'y pense, moi. J'irai avec vous ;
« j'ai un secret pour l'attirer et pour l'endormir
« de manière qu'elle ne vous apercevra pas, et
« vous pourrez entrer. Je l'appellerai, et je tou-
« cherai une corde.... Vous verrez.

« — Que le Ciel vous bénisse ! s'écria Renzo :
« j'ai toujours dit que vous étiez notre providence
« en tout.

« — Mais tout cela ne sert de rien, dit Agnese,
« si je ne persuade pas celle-ci, qui s'obstine à
« dire que c'est un péché. »

Renzo se mit aussi en frais d'éloquence ; mais
Lucia ne se laissait point persuader.

« Je ne sais que répondre à vos raisons, disait
« elle ; mais je vois que, pour faire cette chos
« comme vous dites, il faut n'employer que su-
« percheries, mensonges, embûches. Ah ! Renzo
« ce n'est pas ainsi que nous avions commencé
« Je veux être votre femme.... » Et il n'y avai
pas moyen qu'elle pût prononcer ce mot et ex
pliquer cette intention sans que le feu lui montâ
au visage. « Je veux être votre femme, mai
« par le droit chemin, avec la crainte de Dieu
« à l'autel. Laissons faire à celui de là-haut

« Croyez-vous qu'il ne saura pas trouver le
« moyen de nous aider mieux que nous ne le
« pourrions faire avec toutes ces fourberies? Et
« pourquoi en faire un mystère au père Cristo-
« foro ? »

La dispute durait encore, et ne paraissait pas
sur le point de finir, lorsqu'un bruit hâté de
sandales, et une rumeur de robe agitée, semblable à celle que font dans une voile tendue les
souffles répétés du vent, annoncèrent le père
Cristoforo. On fit silence, et Agnese eut à
peine le temps de glisser à l'oreille de Lucia :
« Garde-toi bien d'en rien dire. »

CHAPITRE VII.

Le père Cristoforo arrivait, dans l'attitude d'un bon capitaine qui, ayant perdu sans sa faute une bataille importante, affligé mais non découragé, pensif mais non abattu, en retraite et non en fuite, se porte là où le besoin l'appelle pour défendre les positions menacées, rassurer les troupes et donner de nouveaux ordres.

« La paix soit avec vous, dit-il en entrant. Il « n'y a rien à espérer de l'homme ; il faut se con- « fier encore plus en Dieu. J'ai déjà un gage de sa « protection. »

Aucun des trois n'avait fait beaucoup de fond sur la tentative du père Cristoforo : car voir un homme puissant céder à des prières sans force, renoncer à une entreprise injuste sans y être contraint par une puissance supérieure, c'était chose plutôt inouïe que rare ; cependant la triste certitude leur porta un coup mortel. Les femmes baissèrent tristement la tête ; mais dans l'âme de Renzo la colère prévalut sur l'abattement. Cette nouvelle le trouvait déjà aigri et enflammé par une suite de surprises fâcheuses, de tentati- ves manquées, d'espérances déçues, et par des- sus tout irrité des résistances de Lucia.

« Je voudrais savoir. » cria-t-il en grinçant des dents, et en élevant la voix plus qu'il ne l'avait

jamais osé en présence du père Cristoforo ; « je
« voudrais savoir quelles raisons a données ce
« chien pour soutenir,... ; pour soutenir que ma
« femme ne doit pas être ma femme !

« —Pauvre Renzo ! » répondit le frère, avec un
accent pieux et un regard qui commandait doucement le calme. « Si le puissant qui veut com-
« mettre l'injustice était toujours obligé de dire
« ses raisons, les choses n'iraient pas comme el-
« les vont.

« — Il a donc dit, le chien, qu'il ne veut pas
« parce qu'il ne veut pas ?...

« Il n'a pas même dit cela, mon pauvre
« Renzo ! Ce serait encore un avantage si, pour
« commettre l'iniquité, on était obligé de la con-
« fesser ouvertement.

« — Mais il a dû dire quelque chose : qu'a-t-
« il dit, ce tison d'enfer ?

« — J'ai compris ses paroles, et je ne te les sau-
« rais pas répéter. Les paroles de l'inique qui est
« fort pénètrent et échappent. Il peut se for-
« maliser de ce que tu le soupçonnes, et te faire
« sentir en même temps que tes soupçons sont
« fondés ; il peut insulter, et se prétendre of-
« fensé ; faire un outrage, et demander satis-
« faction ; épouvanter, et se plaindre ; marcher
« à front découvert, et être irrépréhensible. Ne
« demande rien de plus. Cet homme n'a pro-
« noncé ni le nom de cette innocente, ni le
« tien ; il n'a pas fait mine de vous connaître. Il
« n'a pas dit qu'il prétendît rien ; mais..., mais
« je n'ai que trop dû comprendre qu'il était in-

« flexible. Néanmoins, de la confiance en Dieu !
« Vous, infortunées, ne perdez pas courage ; et
« toi, Renzo.... Oh ! crois pourtant que je sais
« me mettre à ta place, que je sens tout ce
« qui se passe dans ton âme ; mais patience !
« C'est une parole vaine, une parole amère pour
« qui ne croit pas ; mais toi !... ne voudras-tu
« pas accorder à Dieu un jour, deux jours, le
« temps qu'il voudra prendre pour faire triom-
« pher la bonne cause ? Le temps lui appartient,
« et il nous en a déjà tant accordé ! Laisse faire
« à Dieu, Renzo, et apprends... Apprenez tous
« que je tiens déjà un fil pour vous servir. Pour
« le moment, je ne puis vous en dire davantage.
« Demain je ne viendrai pas ici : je dois rester
« toute la journée au couvent pour vous. Toi,
« Renzo, tâche d'y venir, ou si, par un acci-
« dent imprévu, tu ne le peux pas, envoyez-
« moi un homme sûr, un garçon de sens, par
« qui je vous puisse faire savoir ce qui arrivera.
« Il se fait nuit, il faut que je coure au couvent.
« Foi, courage, et bonsoir. »

Cela dit, il sortit en hâte. Il s'en alla trottant
par un sentier tortueux et pierreux, pour ne pas
courir le risque, en arrivant trop tard au couvent, de s'attirer une bonne réprimande, ou, ce
qui lui aurait été plus pénible encore, une punition, qui l'eût empêché de se trouver le lendemain prêt à faire tout ce qu'exigerait le service
de ses protégés.

« Vous avez entendu ce qu'il a dit d'un je ne
« sais quoi,... d'un fil qu'il tient pour nous ai-

« der, dit Lucia. Il faut s'en rapporter à lui :
« c'est un homme tel, que, quand il promet dix...

« — S'il n'y a que cela !... interrompit Agnese, il
« aurait dû parler plus clairement, ou au moins
« me tirer à l'écart, et me dire ce qu'il en est.

« — Vains discours ! Je finirai l'affaire, moi ;
« je la finirai, » interrompit à son tour Renzo,
marchant à grand pas, d'un ton et d'un air qui
ne laissaient pas de doute sur le sens de ces mots.

« — Oh ! Renzo ! s'écria Lucia.

« — Que voulez-vous dire, s'écria Agnese.

« — Qu'est-il besoin de le dire ? Je finirai l'af-
« faire, moi ; qu'il ait cent, qu'il ait mille diables
« au corps, finalement il est de chair et d'os, lui
« aussi.

« — Non, non, pour l'amour du Ciel !.... »
Mais les pleurs étouffèrent la voix de Lucia.

« — Ce ne sont pas des propos à tenir, même
« par plaisanterie, dit Agnese.

« — Par plaisanterie ! » cria Renzo, s'arrêtant
debout devant Agnese assise, et lui plantant sur
la face deux yeux égarés. « Par plaisanterie !
« Vous verrez si c'est une plaisanterie.

« — Oh ! Renzo ! dit Lucia en sanglotant, je
« ne vous ai jamais vu ainsi.

« — Ne dites pas de ces choses-là, pour l'amour
« du Ciel, » reprit encore en hâte Agnese, baissant
la voix. « Ne vous souvient-il pas combien il
« a de bras à son commandement ? Et encore...
« que Dieu veuille m'en préserver !... Contre les
« pauvres gens il y a toujours une justice.

« — Je me la ferai, moi, la justice ; je me la

« ferai ! Il est grand temps. La chose n'est pas
« facile, je le sais aussi, moi. Ce chien d'assassin
« se garde bien ; il sait ce qu'il est. Mais n'im-
« porte : patience et résolution..., et le moment
« arrive. Oui, je me ferai justice, moi ; je déli-
« vrerai le pays. Que de gens me béniront !... Et
« puis on me fera battre quatre entrechats.... »

L'horreur que ces mots d'un sens si clair firent
éprouver à Lucia arrêta ses pleurs et lui donna
le courage de parler.

« Vous ne voulez donc plus m'avoir pour
« femme, » dit-elle à Renzo d'une voix émue
mais décidée. « Je m'étais promise à un jeune
« homme qui avait la crainte de Dieu ; mais un
« homme qui aurait...., fût-il à l'abri de la jus-
« tice et de toute vengeance, fût-il le fils du
« roi....

« — Eh bien ! » cria Renzo avec un visage plus
renversé que jamais, « je ne vous aurai pas,
« mais il ne vous aura pas non plus. Moi là sans
« vous, et lui dans la maison du....

« — Oh ! non ! par pitié, ne parlez pas, ne me
« regardez pas ainsi ; non je ne vous puis voir
« ainsi, » s'écria Lucia en pleurant, en le suppliant, en joignant les mains.

Cependant Agnese appelait le jeune homme
par son nom, et lui prenait tour à tour les épaules, les bras, les mains, pour l'apaiser. Il s'arrêta
immobile, pensif, et comme touché, pour con-
templer un moment l'air suppliant de Lucia ;
puis tout à coup il la regarda de travers, se retira en arrière, tendit le bras et l'index vers

elle, et s'écria : « Elle le veut! oui, c'est elle qui
« le veut. Il mourra!

« — Et moi, quel mal vous ai-je fait pour que
« vous me fassiez mourir? » dit Lucia en se jetant à ses genoux.

« — Vous! » dit-il d'une voix qui exprimait une
« colère bien différente, mais toutefois une colère;
« vous! quel bien me voulez-vous? quelle preuve
« m'en avez-vous donnée? Ne vous ai-je pas
« priée, suppliée, conjurée? Ai-je pu obtenir....

« — Oui, oui, répondit précipitamment
« Lucia, j'irai chez le curé demain, maintenant
« si vous le voulez; j'y irai. Retournez à votre
« premier projet; j'y irai.

« — Me le promettez-vous, » dit Renzo d'un
air devenu tout à coup plus humain.

« — Je vous le promets.

« — Vous me l'avez promis.

« — Ah! Seigneur, je vous rends grâces! » s'é-
cria Agnese, doublement contente.

Au milieu de ses fureurs, Renzo l'avait-il
avertie de l'avantage qu'on pouvait tirer de l'épouvante de Lucia? N'avait-il pas usé d'un peu d'ar-
tifice pour l'accroître et en venir ainsi à ses fins?
Notre auteur proteste de n'en rien savoir, et je
crois pour ma part que Renzo ne le savait pas
bien lui-même. Le fait est que sa rage contre
don Rodrigo était telle qu'elle lui avait fait
perdre le sens, et qu'il désirait ardemment d'obtenir le consentement de Lucia. Quand deux
passions parlent ensemble au cœur d'un homme,
aucun, même le plus froid et le plus attentif,

7.

ne peut bien distinguer l'une de l'autre, et dire quelle est celle qui domine.

« Je vous l'ai promis, » répondit Lucia avec un doux et timide accent de reproche; « mais « vous avez promis aussi de ne pas faire de scan- « dale, de vous en rapporter au père....

« — Oh! allons! pour l'amour de qui viens-je « de me mettre en colère, moi? Voulez-vous « maintenant vous tirer en arrière et me faire « quelque mauvais coup?

« — Non, non, » dit Lucia, prompte à retom- ber dans ses frayeurs. « J'ai promis, et je ne me « dédis pas. Mais voyez vous-même comment « vous m'avez fait promettre. Dieu veuille que...

« — Pourquoi vouloir faire de fâcheux présa- « ges, Lucia? Dieu sait que nous ne faisons tort « à personne.

« — Promettez-moi au moins que cette scène « sera la dernière.

« — Je vous le promets, foi d'honnête garçon.

« — Mais, cette fois, tenez au moins parole, » dit Agnese.

Ici l'auteur avoue qu'il ignore une autre chose : Lucia fut-elle absolument fâchée de s'être trouvée forcée d'y consentir? Nous laissons comme lui la chose en doute.

Renzo aurait voulu prolonger l'entretien, et arrêter point par point ce qu'on avait à faire les jour suivant; mais il était nuit close, et les femmes lui souhaitèrent bonne, car il ne leur paraissait pas honnête qu'il restât plus long- temps à cette heure.

La nuit pourtant fut pour tous trois aussi bonne que peut l'être une nuit qui succède à un jour plein d'agitation et de malheurs, et qui en précède un autre destiné à une entreprise importante et d'une issue incertaine. Renzo se fit voir de bon matin, et il concerta avec les femmes ou plutôt avec Agnese la grande opération du soir, proposant et soulevant alternativement les difficultés, prévoyant les contre-temps, et recommençant, tantôt l'un, tantôt l'autre, à décrire l'affaire comme on raconterait une chose faite. Lucia écoutait, et, sans approuver avec des paroles ce qu'elle ne pouvait approuver en son cœur, elle promettait de faire du mieux qu'elle saurait.

« Irez-vous là-bas au couvent pour parler « au père Cristoforo, comme il vous l'a dit hier « soir ? » demanda Agnese à Renzo.

« — Peste ! répondit celui-ci. Vous savez quels « diables d'yeux a le père : il me lirait sur la « figure comme dans un livre qu'il y a quelque « chose en campagne ; et s'il commençait à me « faire des interrogatoires, je ne pourrais pas « m'en tirer avec honneur. Et puis j'ai à rester « ici pour avoir soin des choses. Il serait mieux « que vous y envoyassiez quelqu'un.

— « J'enverrai Menico.

« — Oui bien, » répondit Renzo ; et il partit pour avoir soin des choses, comme il avait dit.

Agnese alla à la maison voisine demander Menico, un petit garçon éveillé, un homme pour son âge, et qui, par remuements de cousins et d'arrière-cousins, se trouvait quelque peu neveu de la dame. Elle le demanda aux parents comme en prêt pour toute la journée, « pour un certain service, » disait-elle. L'ayant obtenu, elle le conduisit dans sa cuisine, lui donna à déjeuner, et lui dit d'aller à Pescarenico, et de se montrer au père Cristoforo, qui le renverrait ensuite avec une réponse quand il serait temps. « Le père Cristoforo, ce beau « vieillard, tu sais bien, avec la barbe blanche, « celui qu'on appelle le saint....

« — J'entends, dit Menico, celui qui caresse « toujours les petits garçons et leur donne de « temps en temps quelque image.

« — Justement, Menico. Et s'il te disait d'at- « tendre quelque temps près du couvent, ne va « pas t'en éloigner; observe bien de ne pas aller « avec les autres petits garçons au lac pour faire « voler les palets sur l'eau, ni pour voir pêcher, « ni pour jouer avec les filets suspendus au mur « pour sécher, ni....

« — Pouh! ma tante! je ne suis pas un enfant.

« — C'est bien; aies de la raison, et quand tu « reviendras avec la réponse...., regarde, ces deux belles *parpagliole* neuves sont pour toi *.

« — Donnez-les-moi maintenant.

« — Non, non, tu t'en amuserais. Va, et con- « duis-toi bien; tu en auras encore davantage. »

Le reste de cette longue matinée, on vit d'étranges choses qui ne mirent pas peu en soupçon l'es-

_____

* Monnaie génoise qui vaut environ deux sous et demi.

prit déjà troublé des deux femmes. Un mendiant qui n'était ni exténué ni déguenillé comme ses pareils, et qui avait je ne sais quel air louche et sinistre, entra en demandant l'aumône pour l'amour de Dieu, et jetant çà et là des regards d'espion. On lui donna un morceau de pain qu'il reçut et mit dans sa poche avec une indifférence mal déguisée. Il se mit ensuite à lier conversation avec une certaine effronterie et en même temps un peu d'hésitation, faisant plusieurs questions auxquelles Agnese se hâta de répondre toujours le contraire de ce qui était. Il se mit ensuite en marche comme pour partir ; mais, feignant de se tromper de porte, il entra par celle qui donnait sur l'escalier, et là il donna de l'œil en hâte autant qu'il put. On lui cria par-derrière : « Eh ! eh ! où allez-vous, brave homme ? C'est « par ici. » Il revint sur ses pas et sortit par la porte qu'on lui indiquait, faisant des excuses 'un air de soumission, d'humilité affectée, qu'il 'efforçait en vain de mettre en harmonie avec es traits féroces et durs de son visage. Après celui-ci continuèrent à se montrer de temps en :emps d'autres figures étranges. On n'aurait pu ire aisément quelle espèce d'hommes ce pou- ait être ; mais on ne pouvait pas croire non ılus qu'ils fussent ce qu'ils voulaient paraître, 'est-à-dire d'honnêtes voyageurs. Celui-ci ntrait sous le prétexte de demander sa route ; 'autres, arrivés devant la porte, ralentissaient le as, et regardaient à la dérobée, à travers la cour, ns la salle, comme quelqu'un qui veut voir

sans donner de soupçon. Enfin vers le midi cette
ennuyeuse procession finit. Agnese se levait de
temps en temps, traversait la cour, paraissait à
la porte de la rue, guettait à droite et à gauche,
et s'en venait disant : « Personne, » mot qu'elle
semblait prononcer avec plaisir, et que Lucia
entendait de même sans que ni l'une ni l'autre
sût bien clairement pourquoi. Mais il leur resta à
toutes deux un trouble indéterminé qui leur
ôta, et surtout à la fille, une grande partie du
courage qu'elles avaient mis en réserve pour le
soir.

Il convient cependant que le lecteur sache
quelque chose de plus précis touchant ces rô-
deurs mystérieux; et pour l'en instruire complé-
tement, il faut que nous revenions sur nos pas, et
que nous retrouvions don Rodrigo, que nous avon
laissé hier, après le dîner, seul dans une salle d
son château, au départ du père Cristoforo.

Don Rodrigo, comme nous l'avons dit, mesu
rait en long et en large à grands pas cette salle
aux murs de laquelle étaient suspendus des por
traits de famille de diverses générations. Quand i
donnait du nez contre une muraille, et qu'il re
tournait sur ses pas, il voyait en face de lui u
guerrier, son ancêtre, terreur des ennemis et d
ses soldats, le regard fier et assuré, les cheveu
courts et hérissés sur le front, les moustaches t
rées et pointues qui dépassaient les joues, le me
ton oblique; le héros droit sur ses pieds, ave
ses armures de jambes, les cuissards, la cuirass
les brassards, les gants, tout de fer; la ma

droite fixée au flanc, et la gauche sur le pommeau de l'épée. Don Rodrigo le regardait ; et quand il était arrivé sur lui, et qu'il se retournait, voilà qu'il avait en face un autre aïeul magistrat, terreur des plaideurs, assis sur un haut fauteuil de velours rouge, enveloppé d'une ample toge toute noire, à l'exception d'un collet blanc avec un large rabat et une fourrure de zibeline renversée (c'était le costume distinctif des sénateurs, et ils ne le portaient que l'hiver : c'est la raison pourquoi l'on ne trouvera jamais un portrait de sénateur en habit d'été) ; le teint pâle et les sourcils froncés, il tenait en main une supplique, et il semblait dire : « Nous verrons. » Par ici une haute dame, la terreur de ses demoiselles ; par là un abbé, la terreur de ses moines ; toutes gens, en somme, qui avaient fait peur de leur vivant, et l'inspiraient encore par leurs images. Animé par de tels souvenirs, don Rodrigo entrait en rage ; il avait honte, il ne pouvait pas se donner de repos, qu'un frère eût osé venir devant lui avec la prosopopée de Nathan. Il formait un dessein de vengeance, l'abandonnait, songeait en même temps coment il pourrait satisfaire à sa passion et à ce qu'il appelait son honneur ; et parfois (voyez un eu cela !), en sentant retentir à ses oreilles le ommencement de prophétie, il déposait tout à coup sa rage, et était sur le point de renoncer à 'idée de ses deux satisfactions. Enfin, pour faire uelque chose, il appela un serviteur, et lui oronna d'aller l'excuser auprès de la compagnie, en disant qu'il était retenu par une affaire pressante. Quand le serviteur revint pour rapporter que ces seigneurs étaient partis en laissant leurs devoirs : « Et le comte Attilio? » demanda don Rodrigo, toujours en se promenant.

« — Il est sorti avec ces seigneurs, illustrissime « seigneur.

« — C'est bien : six personnes de cortége pour « la promenade; sur-le-champ mon épée, ma « cape, mon chapeau, sur-le-champ. »

Le serviteur partit en répondant par une inclination; et, peu d'instants après, il revint avec une riche épée que le maître ceignit, avec la cape qu'il jeta sur ses épaules, avec le chapeau à grandes plumes qu'il enfonça dans sa tête fièrement d'un coup de main, signe de tempête. Il se mit en marche, et il trouva sur l seuil six *bravi* tout armés, qui, l'ayant salué et s'inclinant, le suivirent par-derrière. Plus fa rouche, plus orgueilleux, plus hautain que d coutume, il sortit, et dirigea sa promenad vers Lecco, à travers les coups de chapeau et le saluts jusqu'à terre des villageois qu'il rencon trait. Le malavisé qui aurait gardé son chapeau sur la tête en aurait été quitte à bon march si l'un des *bravi* de la suite s'était contenté d le lui faire sauter avec une taloche. Don Ro drigo ne répondait pas à ces saluts. Les homm d'une condition plus élevée lui tiraient aussi leu révérence, puisqu'il était sans comparaison l plus puissant d'entre eux. Il répondait à ceux- avec une dignité insultante. Quand il arriva

qu'il rencontrât le seigneur châtelain espagnol
(ce jour-là il ne le rencontra pas), le salut alors
était également profond des deux parts : c'était
comme entre deux potentats qui n'ont rien à
partir ensemble, mais, par convenance, font honneur au rang l'un de l'autre. Pour dissiper un
peu sa colère, et pour opposer à l'image du frère,
qui assiégeait son esprit, d'autres visages et
d'autres idées, don Rodrigo entra dans une maison où était rassemblée une nombreuse compagnie. Il y fut reçu avec cette cordialité empressée
et respectueuse qui est réservée aux hommes qui
se font beaucoup aimer ou beaucoup craindre.
A la nuit close, il retourna à son château. Le
comte Attilio était rentré dans cet intervalle, et
l'on servit le souper. Don Rodrigo s'assit tout
pensif, et parla peu.

A peine la table fut-elle levée et les domes-
tiques partis : « Cousin, quand me paierez-vous
« cette gageure ? » dit d'un air malin et un peu
moqueur le comte Attilio.

« — La Saint-Martin n'est pas encore passée.

« — Autant vaudrait que vous la payassiez
« tout de suite, car tous les saints du calendrier
« passeront avant que....

« — C'est ce qu'il faudra voir.

« — Cousin, vous voulez faire le fin ; mais je
« comprends tout, et je suis si certain d'avoir gagné
« la gageure, que je suis prêt à en faire une autre.

« — Laquelle ?

« — Que le père..., le père....; que sais-je,
« moi ? Ce frère enfin vous a converti.

« — Voilà, vraiment, une de vos idées.

« — Converti, cousin, converti, vous dis-je ?
« Pour moi, je m'en réjouis. Savez-vous que ce
« sera un beau spectacle que de vous voir l'air
« contrit et les yeux baissés! Et quelle gloire
« pour ce père! comme il sera retourné chez lui
« le cœur content! Ce ne sont pas de ces poissons
« que l'on prenne tous les jours ni avec tous les
« filets. Soyez assuré qu'il vous citera en exem-
« ple; et quand il ira en mission un peu loin, il
« parlera de vos faits. Il me semble l'entendre! »
Et là, parlant du nez, et accompagnant ses
mots de gestes chargés, il continua d'un ton de
prédicateur : « Dans une partie de ce monde
« que, par respect et pour de justes motifs, je
« ne nomme pas, vivait, mes très chers frères,
« et vit encore un gentilhomme libertin, plus
« ami des belles femmes que des hommes de
« bien, lequel, voulant de tout bois faire flèche,
« avait jeté les yeux....

« — Suffit! suffit! » interrompt don Rodrigo,
demi riant, demi fâché. « Si vous voulez dou-
« bler la gageure, je suis prêt aussi, moi.

« — Diable! est-ce que vous auriez converti le
« père?

« — Ne me parlez pas de cet homme; et quant
« à la gageure, la Saint-Martin en décidera. » La
curiosité du comte était piquée; il ne ménagea
pas les questions. Mais don Rodrigo les sut toutes
éluder. Il s'en remit sans cesse au jour qui en
devait décider; et ne voulut pas communiquer à
sa partie adverse des décisions qui n'étaient en-

core ni exécutées, ni même entièrement arrêtées.

Le matin suivant don Rodrigo s'éveilla don Rodrigo. Ce peu de terreur que l'*Un jour viendra* lui avait mis en tête s'était évanoui avec les songes de la nuit. Il ne lui restait que la colère, aigrie encore par le remords de cette faiblesse passagère. Les images plus récentes de la promenade triomphale, des saluts, des accueils, le sermon de son cousin, n'avaient pas peu contribué à lui rendre son ancien esprit. A peine servi, il fit appeler Griso. « Affaire importante, » dit à part soi le valet à qui fut donné l'ordre. L'homme qui avait ce surnom n'était rien moins que le chef des *bravi,* celui à qui étaient confiées les expéditions les plus hardies et les plus téméraires, celui à qui le maître se confiait entièrement, qui lui était dévoué en toutes circonstances, par reconnaissance et par intérêt. Coupable d'un homicide commis en public, pour se soustraire aux recherches de la justice, il était venu implorer la protection de don Rodrigo. Celui-ci, en le prenant à son service, l'avait mis à couvert de toute poursuite. Ainsi, en se chargeant de commettre tous les crimes qui lui seraient ordonnés, il s'était assuré l'impunité du premier. Pour don Rodrigo, l'acquisition n'avait pas été de peu d'importance, parce que Griso, outre qu'il était, sans comparaison, le plus vaillant de la bande, était encore une preuve vivante de ce que son maître avait pu attenter avec succès contre les lois; de sorte que sa puissance s'en était accrue et par le fait et dans l'opinion.

« Griso ! dit don Rodrigo, en cette conjonc-
« ture on verra ce que tu vaux. Avant demain,
« cette Lucia doit se trouver dans ce palais.

« — On ne dira jamais que Griso ait refusé
« d'obéir à un ordre de l'illustrissime seigneur
« son maître.

« — Prends autant d'hommes que tu pourras
« en avoir besoin, ordonne et dispose du mieux
« qu'il te semblera, pourvu que la chose réus-
« sisse ; mais veille surtout à ce qu'il ne lui ar-
« rive aucun mal.

« — Seigneur, un peu de peur, pour qu'elle
« ne fasse pas trop de bruit.... On ne pourra pas
« faire moins.

« — Un peu de peur....: j'entends...., c'est
« inévitable. Mais qu'on ne lui ôte pas un che-
« veu, et surtout qu'on lui porte respect en
« toute manière. Tu m'entends.

« — Seigneur, on ne peut pas détacher une
« fleur de sa tige et la porter à votre seigneurie
« sans y toucher en rien. Mais on ne fera que le
« strict nécessaire.

« — Sur ta propre sûreté. Et..... comment
« feras-tu ?

« — J'y pensais, seigneur. Nous sommes heu-
« reux que la maison soit à la tête du village.
« Nous avions besoin d'un endroit pour aller
« nous y apposter ; et justement à peu de dis-
« tance de là se trouve cette masure abandonnée
« au milieu des champs, cette maison.... Mais
« votre seigneurie ne peut rien savoir de ces
« sortes de choses.... Une maison qui a été brû-

« lée il y a peu d'années. On n'a pas eu d'ar-
« gent pour la réparer, on l'a abandonnée, et
« maintenant les sorciers s'y assemblent; mais
« comme ce n'est pas le jour du sabbat, je m'en
« moque. Ces paysans, qui sont pleins de su-
« perstitions, n'y passeraient pas de nuit, même
« dans la semaine, pour un trésor. Ainsi nous
« pouvons aller nous y placer en embuscade, et
« tellement en sûreté, que personne ne viendra
« pour gâter nos affaires.

    « — C'est bien. Et ensuite. »

    Ici Griso se mit à proposer, don Rodrigo à
discuter, jusqu'à ce que, tous deux d'accord, ils
eussent trouvé le moyen d'abord de conduire à
fin l'entreprise, sans qu'il restât de trace des
auteurs, ensuite de faire diriger les soupçons
d'un autre côté par des indices trompeurs, d'im-
poser silence à la pauvre Agnese, d'inspirer à
Renzo une frayeur assez forte pour lui faire passer le chagrin, l'idée de recourir à la justice, et
même l'envie de se plaindre. Ils inventèrent enfin tous les autres brigandages accessoires pour
la réussite du brigandage principal. Nous ces-
sons de rapporter cette longue conversation,
parce que, ainsi que le lecteur le verra, le reste
n'est pas nécessaire à l'intelligence de notre histoire; et il en coûte de l'entretenir si longué-
ment de ces deux ennuyeux scélérats. Il suffira de
dire que, pendant que Griso s'en allait pour mettre les mains à l'exécution, don Rodrigo le rappela, et lui dit: « Écoute: si par aventure ce
« téméraire manant levait la main sur vous ce

« soir, il ne serait pas mal qu'on lui donnât par
« anticipation un bon *memento* sur les épaules
« Ainsi l'ordre qu'on ira lui intimer demain de
« rester coi atteindra mieux le but. Mais ne le
« cherchez pas, pour ne pas gâter le point le plus
« important. Tu m'entends.

« — Laissez-moi faire, » répondit Griso en
s'inclinant d'un air de respect et de vanterie, et
il s'en alla. La matinée se passa à reconnaître
les lieux. Ce faux mendiant qui s'était introduit
de cette manière dans la pauvre chaumière n'é-
tait pas autre que Griso, qui venait pour lever
le plan à vue d'œil ; les faux voyageurs étaient ses
vauriens, à qui, pour opérer sous ses ordres, il
suffisait d'une connaissance plus légère des lieux.
La découverte une fois faite, ils ne s'étaient plus
laissé voir, de peur de donner trop de soupçon.

Quand ils furent retournés au château, Griso
fit son rapport, et arrêta définitivement le projet
de l'entreprise, assigna les rôles, donna les in-
structions. Tout cela ne se put pas faire sans
que le vieux serviteur, qui avait les yeux ouverts
et l'oreille au guet, s'aperçût qu'il se machinait
quelque grande affaire. A force d'attention et de
questions, saisissant un demi-indice par-ci, un
demi-indice par-là, expliquant à part soi un mot
obscur, interprétant un aller mystérieux, il fit
si bien qu'il en vint à s'éclaircir de ce qui se
devait faire dans la nuit. Mais quand il en fut
là, la nuit était déjà peu éloignée ; déjà une
petite avant-garde de scélérats s'était mise en
campagne pour s'aller poster en embuscade dans

cette masure en ruines. Le pauvre vieillard,
quoiqu'il sût bien à quel jeu hasardeux il jouait,
et qu'il craignît en outre de ne pas porter le secours de Pise *, ne voulut toutefois pas y manquer. Il sortit sous prétexte de prendre un peu
l'air, et il s'achemina en toute hâte vers le couvent, pour donner au père Cristoforo l'avis qu'il
lui avait promis. Peu de temps après, les autres
scélérats se mirent en marche, et partirent un à
un, deux à deux, peu à peu, pour n'avoir pas
l'air d'aller en compagnie. Griso vint ensuite, et
il ne resta en arrière qu'une litière qui devait
être et fut en effet portée à la masure quand la
nuit fut plus avancée. Une fois réunis là, Griso
en expédia trois à l'hôtellerie du village, ordonna que l'un d'eux se mît sur la porte pour
observer les mouvements de la rue, et pour
guetter le moment où tous les habitants seraient
retirés; les deux autres devaient rester dedans à
jouer et à boire comme des amateurs, et être
pourtant attentifs à épier, s'il y avait quelque
chose à épier. Lui, avec les gens de sa troupe,
resta aux aguets et dans l'attente.

Le pauvre vieillard trottait encore, les trois
éclaireurs arrivaient à leur poste, le soleil tom-
bait; quand Renzo entra chez les femmes et leur
dit : « Tonio et Gervaso sont là dehors ; je vais
« avec eux souper à l'hôtellerie : au coup de
« l'*Ave-Maria* nous vous viendrons prendre. Al-
« lons, courage, Lucia ! tout dépend d'un mo-

---

* Un secours porté à temps.

« ment. » Lucia soupira et répondit : « Oh! oui,
« courage, » d'une voix qui démentait ses paroles.

Quand Renzo et ses deux compagnons arrivèrent à l'hôtellerie, ils y trouvèrent le *bravo*
déjà planté en sentinelle, qui obstruait le milieu
de la porte, le dos appuyé sur un jambage, les
bras croisés sur la poitrine, et regardait en dessous à droite et à gauche, en faisant briller tantôt le noir, tantôt le blanc de deux yeux semblables à ceux d'un oiseau de proie. Un beret
plat de velours cramoisi, mis de travers, lui
couvrait la moitié du toupet, qui, en se divi-
sant sur un front brun, se terminait en tresses
fixées par un peigne sur la nuque. Il tenait suspendu à la main un gros gourdin; d'armes propre-
ment dites, il n'en portait point d'apparentes; mais
rien qu'à le regarder en face, même un enfant aurait imaginé qu'il en devait avoir sous ses habits
autant qu'il en pouvait tenir. Quand Renzo, le
premier des trois, fut près de lui, et fit mine de
vouloir entrer, celui-ci, sans se déranger, le
regarda très fixement; mais le jeune homme,
attentif, comme l'est toute personne qui conduit
une entreprise difficile, à éviter toute dispute,
ne dit pourtant pas, Otez-vous de là, et, rasant
l'autre jambage, il passa de biais, le flanc en
avant, par l'ouverture que laissait cette caria-
tide. Ses deux compagnons furent contraints pour
entrer de faire la même évolution. Etant entrés,
ils virent les deux autres dont nous avons déjà
parlé, ces deux bravaches qui, assis à une petite

table, jouaient à la mora *, criant tous les deux en même temps, et se versant, tantôt l'un, tantôt l'autre, à boire d'une grande bouteille placée devant eux. Ceux-ci pourtant regardèrent attentivement les deux survenants, et un des deux particulièrement, en tenant suspendue en l'air la main droite avec trois gros doigts écartés et la bouche ouverte par un grand « six » qui en était sorti en ce moment, toisa Renzo de la tête aux pieds, fit signe de l'œil à son collègue, puis à celui de la porte, qui répondit par un signe de tête. Renzo, en soupçon et incertain, regardait ses deux conviés, comme s'il eût voulu chercher dans leur air une explication de tous ces manéges ; mais leur air n'indiquait qu'un bon appétit. L'aubergiste le regardait en face comme pour attendre ses ordres. Il le fit venir avec lui dans une pièce voisine et commanda le souper.

« Qui sont ces étrangers ? » lui demanda-t-il ensuite à voix basse, quand celui-ci revint avec une nappe écrue sous le bras et une bouteille à la main.

« — Je ne les connais pas, » répondit l'aubergiste en déployant la nappe.

« — Comment ? pas même un ?

« — Vous savez bien, » répondit encore celui-

(*) Sorte de jeu fort en usage en Italie parmi les gens du peuple. Deux personnes jettent en même temps leurs doigts, et l'une d'elles dit un nombre ; il faut, pour gagner un point, que le nombre de doigts ouverts de part et d'autre se rencontre avec le nombre indiqué. Ce jeu se joue en dix points.

TOME I.   8

ci en étendant avec les deux mains la nappe sur la table, « que la première règle de notre mé-
« tier, c'est de ne pas nous occuper des affaires
« d'autrui ; jusqu'à nos femmes, personne de
« nous n'est curieux. On serait frais, avec tant
« de gens qui vont et viennent : c'est toujours
« comme un port de mer, quand l'année est
« bonne, veux-je dire ; mais courage ! il revien-
« dra un peu de bon temps. Il nous suffit à
« nous que les chalands soient galants hommes ;
« ensuite peu importe qui ils soient ou qui ils
« ne soient pas. Maintenant je vais vous appor-
« ter un fameux plat de *polpette* : vous n'en
« avez jamais mangé de semblables.

« — Comment pouvez-vous savoir....? » re-
prenait Renzo ; mais l'aubergiste, déjà en route
pour la cuisine, poursuivit son chemin. Là,
pendant qu'il prenait la casserolle des *polpette*
que nous venons de dire, ce bravache qui avait
toisé notre jeune homme s'approcha doucement
de lui, et lui dit à voix basse : « Qui sont ces
« braves gens ?

« — Ce sont de braves gens d'ici du village, »
répondit l'aubergiste en versant les *polpette* sur
un plat.

« — C'est bien ; mais comment se nomment-
« ils, qui sont-ils ? » insista celui-ci d'une voix
un peu âpre.

« — L'un se nomme Renzo, » répondit l'aubergiste, mais à voix basse ; « un bon jeune
« homme établi, fileur de soie, qui sait bien son
« métier. L'autre est un paysan qui a nom Tonio,

« bon compagnon, joyeux convive. C'est dom-
« mage qu'il ait peu de deniers : il les dépense-
« rait tous ici. L'autre est un benêt qui mange
« volontiers quand on le régale. Avec votre per-
« mission.... »

Et d'un saut il quitta le fourneau et le ques-
tionneur, et il alla porter le plat à qui l'avait
commandé.

« Comment pouvez-vous savoir, » reprit
Renzo quand il le vit reparaître, « que ce soient
« de galants hommes, si vous ne les connaissez pas ?

« — Par leurs actions, mon cher : l'homme se
« connaît à ses actions. Ceux qui boivent le vin
« sans le critiquer, qui mettent sur le comptoir
« l'effigie du roi sans marchander, qui ne se pren-
« nent jamais de querelles avec les autres buveurs,
« et qui, s'ils ont un coup de couteau à donner
« à quelqu'un, le vont attendre dehors et loin
« de l'hôtellerie, de manière à ne jamais com-
« promettre le pauvre aubergiste, ceux-là sont
« de galants hommes. Pourtant, si l'on peut con-
« naître entièrement les gens, comme nous nous
« connaissons entre nous quatre, c'est encore
« mieux. Et quelle diable de fantaisie vous
« prend de savoir tant de choses quand vous êtes
« fiancé et que vous devez avoir toute autre
« chose en tête ? et devant ces *polpette*, qui
« feraient revenir un mort ! » En disant cela il
retourna dans sa cuisine.

Notre auteur, en remarquant la manière différente dont se servait l'aubergiste pour satisfaire aux enquêtes, dit que c'était un homme

ainsi fait, que dans tous ses discours il faisait profession d'être ami des galants hommes en général; mais dans la pratique il usait d'une complaisance beaucoup plus grande envers ceux qui avaient la réputation ou les dehors de brigands. C'était, comme chacun voit, un homme d'un caractère bien singulier.

Le souper ne fut pas très gai. Les deux convives auraient voulu savourer lentement le plaisir; mais l'amphitryon, préoccupé de ce que le lecteur sait, ennuyé et un peu inquiet aussi du maintien étrange de ces inconnus, ne soupirait qu'après le moment du départ. On parlait à demi-voix à cause d'eux, et c'étaient des propos fades et sans suite.

« Quelle belle chose, » laissa échapper un moment Gervaso, « que Renzo veuille prendre femme, et qu'il ait besoin.... » Renzo lui fit un visage sévère. « Veux-tu te taire, imbécille! » lui dit Tonio, en accompagnant l'épithète d'un coup de coude. Là conversation alla en languissant jusqu'à la fin. Renzo, observant une stricte sobriété, fut attentif à verser aux deux témoins avec discrétion, de manière à leur donner un peu de hardiesse sans leur faire perdre la raison. Quand on eut desservi, et que le repas eut été payé par celui qui y avait fait le moins de mal, ils furent obligés de passer de nouveau tous trois devant ces figures, qui se retournèrent toutes vers Renzo comme la première fois. Quand il eut fait quelque pas hors de l'hôtellerie, il regarda derrière lui, et il vit que les deux qu'il

avait laissés dans la cuisine le suivaient. Il s'arrêta alors avec ses deux compagnons, comme
s'il eût dit : « Voyons ce que veulent de moi ces
« gens-ci. » Mais quand ceux-ci s'aperçurent qu'ils
étaient observés, ils s'arrêtèrent aussi, se par-
lèrent à voix basse, et retournèrent sur leurs pas.
Si Renzo avait été assez près pour entendre leurs
discours, ils lui auraient semblé bien étranges.
« Ce serait pourtant un bel honneur, sans comp-
« ter le profit, disait un des coquins, si, en
« retournant au château, nous pouvions racon-
« ter de lui avoir aplati les coutures en hâte,
« et par nous-mêmes, sans que ce seigneur Griso
« fût là pour tout régler.

« — Et gâter l'affaire principale ! dit l'autre.
« Voilà ! il s'est douté de quelque chose ; il s'ar-
« rête pour nous regarder. Eh ! s'il était plus
« tard ! Retournons pour ne pas donner de soup-
« çons. Vois, il arrive du monde de toute part ;
« laissons aller toutes les poules au poulailler. »
Il y avait en effet ce bourdonnement, cette
rumeur qui se fait entendre sur le soir dans les
villages, et qui, peu de d'instants après, fait
place au calme solennel de la nuit. Les femmes
arrivaient des champs en portant sur leur cou
leurs petits enfants, et en tirant par la main les
plus âgés, à qui elles faisaient répéter les prières
du soir ; les hommes venaient avec les bêches et
les hoyaux sur leurs épaules. A l'ouverture des
portes on voyait luire çà et là les feux allumé
pour les pauvres soupers ; on entendait dans la
rue des saluts donnés et reçus, et des colloques

courts et tristes sur le manque de la récolte et
sur la misère de l'année; et, plus retentissants que
les paroles, on entendait les coups mesurés et
sonores de la cloche, qui annonçait la fin du
jour. Quand Renzo vit que les deux indiscrets s'é-
taient retirés, il continua sa route dans les ténèbres croissantes, donnant à voix basse tantôt un
souvenir, tantôt un autre, tantôt à l'un, tantôt
à l'autre des deux frères. Il était nuit close quand
ils arrivèrent à la chaumière de Lucia.

Entre la première idée d'une entreprise hasar-
deuse et son exécution (a dit un barbare qui n'é-
tait pas dépourvu de génie *) l'intervalle est un
songe rempli de fantômes et de frayeurs. Lucia
était depuis plusieurs heures dans les angoisses
d'un tel songe; et Agnese, Agnese elle-même,
l'auteur du conseil, était toute pensive, et trouvait à peine des paroles pour rassurer sa fille.
Mais au moment de s'éveiller, au moment où
il faut mettre la main à l'action, l'esprit se
trouve tout changé. A la terreur et au courage
qui se disputaient votre cœur succède une autre
terreur et un autre courage. L'entreprise se
présente à l'esprit comme une nouvelle apparition : ce que l'on appréhendait le plus d'abord
semble parfois devenir en un moment facile;
parfois s'agrandit l'obstacle dont on s'était à
peine aperçu; l'imagination recule épouvantée;
les membres refusent leur service, et le cœur
manque aux promesses qu'il avait faites avec le

* Shakspeare.

plus de certitude. Au léger coup de marteau de Renzo, Lucia fut saisie d'une si grande terreur, qu'elle résolut en ce moment de tout souffrir, d'être pour jamais séparée de lui plutôt que d'exécuter la résolution qu'elle avait prise; mais quand il eut paru, et qu'il eut dit : « Me voilà, « partons; » quand tous se montrèrent prêts à se mettre en marche sans hésiter, comme à une chose fixée, irrévocable, Lucia n'eut ni le temps ni le cœur de faire naître une difficulté, et, comme entraînée, elle prit en tremblant un bras de sa mère, un bras de son fiancé, et se mit en marche avec la troupe aventureuse.

Doucement, doucement, dans les ténèbres, à pas mesurés, ils franchirent la porte et prirent la rue hors du village. Le plus court aurait été de le traverser, pour arriver à l'autre extrémité, où était la maison de don Abbondio; mais ils prirent ce chemin pour ne pas être vus. Par les petits sentiers, à travers les jardins et les champs; ils arrivèrent près de cette maison, et là ils se divisèrent. Les deux fiancés restèrent cachés derrière l'angle de celle-ci; Agnese avec eux, mais un peu plus en avant, afin d'accourir à temps pour rencontrer Perpetua et s'en rendre maître; Tonio, avec le très inutile Gervaso, qui ne savait rien faire de son chef, se présentèrent bravement devant la porte, et touchèrent le marteau.

« Qui est là, à cette heure? » cria une voix par la fenêtre, qui s'ouvrit aussitôt : c'était la voix de Perpetua. « Il n'y a point de malades

« que je sache. Il est peut-être arrivé quelque
« malheur.

« — C'est moi, répondit Tonio, avec mon frè-
« re, qui avons besoin de parler au seigneur curé.

« — Est-ce une heure de chrétien que celle-ci ?
« répondit brusquement Perpetua. Quelle dis-
« crétion ! Repassez demain.

« — Écoutez, je repasserai ou je ne repasserai
« pas. J'ai ramassé je ne sais quel argent, et je
« viens pour payer cette petite dette que vous
« savez. J'avais là vingt-cinq belles *berlinghe*
« toutes neuves ; mais, si cela ne se peut, patience :
« je sais comment dépenser celles-ci, et je repas-
« serai quand j'en aurai mis d'autres ensemble.

« — Attendez, attendez ; je vais et je reviens.
« Mais pourquoi venir à cette heure ?

« — Si vous pouvez changer l'heure, je ne
« m'y oppose pas. Pour moi, je suis ici ; et si vous
« ne voulez pas, je m'en vais.

« — Non, non, attendez un moment ; je re-
« viens avec la réponse. »

En parlant ainsi, elle referma la fenêtre. Là-
dessus Agnese se sépara des fiancés. « Courage !
« ce n'est qu'un moment, dit-elle à demi-voix à
« Lucia : c'est comme de se faire arracher une
« dent. » Elle vint se joindre aux deux frères
devant la porte, et se mit à causer avec Tonio,
de manière que Perpetua, revenant et en la
voyant là, pût croire qu'elle y passait, et que
Tonio l'avait retenue un moment.

FIN DU TOME PREMIER.